SERIE SPENCER COHEN

LIBRO UNO

N.R. WALKER

DERECHOS DE AUTOR

manera sin permiso escrito, excepto en el caso de breves citas incorporadas en artículos críticos y reseñas.

Advertencia

Destinado a un público mayor de 18 años. Este libro contiene material que puede resultar ofensivo para algunos y está destinado a un público adulto. Contiene lenguaje gráfico, contenido sexual explícito y situaciones para adultos.

El traductor utiliza la ortografía y la gramática del español de España.

Marcas Comerciales:

El autor reconoce la condición de marca registrada y los propietarios de las siguientes marcas mencionadas en esta obra de ficción:

DreamWorks: DreamWorks Animation SKG, Inc.
    Google: Google, Inc.
    iPod: Apple Inc.
    Facebook: Facebook, Inc. Grindr: Grindr LLC.
    Clorox: The Clorox Company.
    Honda: Honda Motor Co.
    EpiPen: Mylan, Inc.
    Tylenol: McNeil Consumer Healthcare Division of McNEIL-PPC, Inc.
    Advil: Wyeth LLC.
    La Naranja Mecánica: 1971, Warner Bros. Blade Runner: 1982, Warner Bros.

Cómo Entrenar a tu Dragón: DreamWorks Animation, Paramount Pictures.

Cómo Entrenar a tu Dragón 2: DreamWorks Animation, Paramount Pictures.

Shrek: DreamWorks Animation, DreamWorks Pictures.

Kung Fu Panda: DreamWorks Animation, Paramount Pictures.

El Mago de Oz: 1939, Metro-Goldwin-Mayer.

Frankenstein: 1931, Universal Pictures.

El Club de la Lucha: 1999, 20th Century Fox.

Matar a un Ruiseñor: 1960, Harper Lee.

Fujifilm: Fujifilm Holdings Corporation.

Ray Charles: La Fundación Ray Charles.

Jeff Buckley: Jeff Buckley Music Inc.

Nina Simone: The Estate of Nina Simone.

Bill Withers: Still Bill Productions.

Miles Davis: Miles Davis Properties, LLC.

Percy Sledge: Atlantic Records.

Aretha Franklin: Aretha Franklin, Sony Music Entertainment.

Led Zeppelin: LED ZEPPELIN.

Evel Knievel: EVEL KNIEVEL.

Family Feud: FremantleMedia North America, Inc.

Aleluya: Escrito por Leonard Cohen, interpretado por Jeff Buckley. Columbia Records.

Sonata Claro de Luna: Escrita por Ludwig Van Beethoven.

DEDICATORIA

Esta serie está dedicada a todos los Spencer: a los que lo han perdido todo pero aún tienen esperanza, a los que tienen demasiado miedo de volver a amar pero lo anhelan igualmente, a los que han pasado por el infierno y aún son lo suficientemente fuertes como para sonreír, y a los que llevan sus cicatrices grabadas en la piel.

SINOPSIS

Spencer Cohen es el chico que consigue respuestas a las preguntas sobre las relaciones. Haciendo el papel de nuevo amante, su trabajo consiste en hacer que el ex de su cliente se dé cuenta de una de estas dos cosas: que no quiere romper o que realmente quiere hacerlo. En cualquier caso, su cliente obtiene respuestas.

El ex se disculparía y rogaría, o se daría la vuelta y se alejaría. Pero al final, el cliente de Spencer ganaba. Si quería recuperar a su ex y lo conseguía, era genial. Si el chico se marchaba, por muy duro que fuera para el cliente, sabía que se había acabado. Independientemente del resultado, el trabajo de Spencer estaba hecho.

El ex de Andrew Landon lo dejó sin darle una explicación. Pero su hermana no soporta verlo triste, así que, para desgracia de Andrew, contratan a Spencer para que sea su nuevo novio y así recuperar a su ex.

Para Spencer, nunca es algo personal. Es simplemente una transacción comercial. Sin emociones, sin ataduras, sin complicaciones.

Sí, claro.

Hasta un ciego podría ver cómo acabaría esto.

Libro Uno
Serie Spencer Cohen

N.R. WALKER

CAPÍTULO UNO

SALÍ de la tienda de tatuajes del bulevar Abbot Kinney y sonreí al cálido sol de la tarde de Los Ángeles. Mi último trabajo había sido bien remunerado, así que acababa de poner en manos de mi casero dos meses de alquiler del pequeño apartamento, situado encima de la tienda, al que llamaba hogar desde que había llegado de Australia hacía dos años.

Me encantaba este lugar. El loco Los Ángeles. Aquí encajaba. Encontré el único lugar donde podía ser yo, donde pertenecía. Siempre había bullicio, siempre había algo que hacer. Un millón de extraños, pero había llegado a conocer a los lugareños y algunos de ellos incluso me llamaban por mi nombre.

—¡Oye, Spencer!

Lola me saludó desde una mesa al fondo de la cafetería. Estaba guapísima, como siempre. Su habitual vestido roquero de los años cincuenta y su pelo rosa intenso hacían juego con la flor japonesa que llevaba tatuada en el brazo. Era mi mejor amiga y había conseguido mi próximo cliente.

Le besé la mejilla.

—Hola, preciosa.

Me dirigió una sonrisa cubierta con brillo de labios rosa pálido y me senté junto a ella. Pedimos nuestras bebidas habituales y, mientras esperábamos a que llegaran, comencé la conversación.

—Háblame de este chico.

—Bueno —comenzó—, conocí a su hermana en un trabajo justo este último fin de semana.

—¿La boda? —pregunté—. ¿Cómo fue? —Lola tenía su propio negocio de maquillaje y las bodas eran una de sus especialidades.

Llegaron nuestras bebidas. Lola dio un sorbo a su café y yo dejé que mi té se asentara un poco más.

—Oh, ha ido bien —dijo dejando su taza de nuevo sobre la mesa—. En fin, la hermana era dama de honor y nos pusimos a hablar. Su hermano acaba de romper con su prometido, y ella mencionó que estaba tratando de recuperarlo.

Sonreí.

—Así que le dije que conozco a un chico —dijo Lola mirándome fijamente—, que podría ayudarle con ese asunto.

—¿Es gay? —le pregunté. Ella dijo que estaba tratando de *recuperarlo*, pero quería estar seguro.

—Seguro que sí.

Suspiré, un poco aliviado. No tenía ningún problema en trabajar con clientes heterosexuales, pero batear para mi propio equipo era mi opción preferida. Especialmente cuando se requerían demostraciones de afecto en público, acercarme a una mandíbula con barba era más lo mío que a una dulcemente perfumada y de piel suave.

—¿Qué más sabes de él?

—Sólo que su hermana dijo que estaba devastado y que probablemente no querría tener nada que ver con esta historia, pero que estarían aquí a las tres. —Miré mi reloj. Eran justo las tres. Lola dio una palmadita en mi mano sobre la mesa—. Oh, ya están aquí.

Levanté la vista para ver quién entraba. La mujer era la primera, con el pelo rubio hasta los hombros, la piel pálida y una amplia sonrisa. Era una mujer hermosa. El chico que estaba detrás de ella tenía el pelo corto y rubio como la arena, y la piel pálida. También era guapo, en el sentido de un *chico normal*. También parecía que prefería estar en cualquier otro lugar que no fuera éste.

Lola y yo nos pusimos de pie, y Lola les hizo un gesto para que se acercaran.

—¡Sarah, qué bueno verte de nuevo!

—¡Sí, es bueno verte! —dijo Sarah. Me miró y sonrió—. Soy Sarah, y este es mi hermano, Andrew Landon. —Se volvió hacia su hermano, lo que por supuesto hizo que tanto Lola como yo miráramos a su hermano, y allí estaba Andrew mirándome fijamente.

Estaba acostumbrado a esto.

No encajaba exactamente en el molde de "bien adaptado a la sociedad". Llevaba una camisa blanca abotonada con las mangas remangadas hasta los codos, lo que significaba que podía ver mis brazos. Mis brazos tatuados con mangas completas. Llevaba pantalones de vestir marrones de tres cuartos y tirantes, mocasines, y mi pelo estaba afeitado a los lados y algo largo en la parte superior, y tenía un poco de barba. En una ocasión Lola había llamado a mi look "hipster lumbersexual", y no fue hasta que llegué a casa y busqué en Google que estuve de acuerdo con ella. Aunque mantenía mi barba corta, pero de todos modos seguía siendo una barba.

—Creo que esto ha sido un error —murmuró Andrew y se dio la vuelta para marcharse.

Sarah le agarró del brazo antes de que pudiera alejarse.

—Dijiste que los escucharías. —Andrew se detuvo y respiró profundamente, y aunque estaba claro que no era donde quería estar, se quedó.

Le sonreí.

—Toma asiento. Deja que te pida algo de beber. ¿Café?

Sarah se sentó con una sonrisa tentativa y de disculpa, y esperó a que su hermano hiciera lo mismo. Andrew se sentó con un suspiro apenas contenido y forzó una mirada algo resignada en su rostro.

—Así que soy el perdedor que necesita ayuda para recuperar a mi prometido.

Lo miré durante un largo momento.

—No, el perdedor es tu ex, que necesita que le recuerden lo que se pierde.

Esto debió pillarle por sorpresa. Ladeó la cabeza y abrió la boca para decir algo, pero enseguida la cerró. Sarah habló en su lugar.

—Vamos a daros un minuto, ¿vale? —Miró a su hermano de una forma un poco extraña, antes de dirigir a Lola hacia la barra de la cafetería.

Cuando estuvimos solos Andrew y yo, me recosté en mi silla, sonreí y no dije nada. Quería ver cuánto tardaría en hablar. Cruzó los brazos, luego los descruzó y negó con la cabeza. No pasaron ni quince segundos.

—Mira, no sé cómo funcionan estas cosas.

—Es fácil —le dije—. Me dices todo lo que sabes sobre tu ex. Dónde trabaja, dónde pasa el rato, dónde va de compras. Nosotros iremos allí, estaremos cerca y todo eso, y nos aseguramos de que nos vea.

—¿Y?

—Y tú te darás cuenta si quiere volver contigo o no.

Andrew frunció el ceño hacia la ventana que daba a la calle y se cruzó de brazos. Guardó silencio durante nueve segundos antes de añadir:

—Nunca creerá que estoy con un chico como tú.

—¿Como yo? —pregunté.

—Sí, tú eres... genial y... moderno. Y yo... no.

—Puedo ser como cualquiera que necesites que sea —dije.

—¿Realmente pretendes ser el novio de alguien para vivir?

—Sí, eso hago.

—Tu acento, ¿eres australiano?

—Soy australiano.

—¿Cómo empezaste a hacer esto? —preguntó—. Quiero decir, no es exactamente un trabajo que me imagino que se anuncia.

Señalé con la cabeza a Lola.

—Llevaba una semana en Los Ángeles cuando conocí a Lola. Acababa de romper con su chico y la llevé a tomar un café. Nos vio y pensó que yo era su nuevo novio. Se convirtió en un charco de babas justo donde estaba, y mi trabajo estaba hecho. Bromeó diciendo que lo interpreté tan bien que debería ganarme la vida con ello —le dije.

Andrew frunció el ceño.

—¿Con ella? ¿Trabajas con mujeres?

Le sonreí.

—Trabajo para quien paga. Pero sí, empecé como el novio "hetero". Pero luego los matrimonios del mismo sexo tomaron importancia, y como hombre gay, era una progresión natural para mí.

—¿Eres realmente gay? ¿O es parte de tu actuación?

Una pregunta justa, que no tenía problemas en responder. Me incliné para que no todos en el café pudieran escuchar.

—Soy gay. Me gustan los hombres. Me gusta el tacto de la barba naciente. Me gustan los músculos duros, no la suave piel femenina. Me encanta una polla. Me gusta chuparla y que me follen, pero sobre todo, me encantan los culos. Así que sí, soy gay. Marica como un traje de lentejuelas.

Se quedó con la boca abierta y parpadeó un par de veces, sorprendido por mi brusquedad. Si íbamos a hacer esto, se acostumbraría.

—Yo... yo...

—¿Cómo se llama tu ex?

—Um. Eli.

—¿Cuánto tiempo estuvisteis juntos?

—Ocho meses.

—¿Hace cuánto tiempo te dejó?

Su voz fue tan suave que apenas le oí.

—Hace un mes.

Le di un momento. Evidentemente, todavía estaba dolido.

—¿Estás fuera? Quiero decir, ¿en el trabajo, los amigos, la familia? ¿Saben que eres gay?

Sus cejas se juntaron y una pizca de ofensa brilló en sus ojos.

—Sí.

—Sólo lo pregunto porque si hacemos esto, tendré que conocerte bastante bien, y habrá algunos momentos en los que tendremos que estar muy cerca en público. Por ejemplo, podría cogerte la mano, acercarme y hablarte al oído, ese tipo de cosas, para que Eli pueda vernos siendo amigables. Para que esto funcione, tienes que estar cómodo con eso. También tienes que corresponder, para que parezca auténtico. ¿Puedes hacerlo?

Andrew pareció pensarlo y se encogió de hombros.

—Um...

—Andrew, ¿quieres hacer esto? —le pregunté sin rodeos. Miró al techo e hinchó las mejillas al exhalar, pero no respondió. Así que reformulé mi pregunta—. ¿Quieres recuperar a Eli?

La mirada de Andrew se dirigió a la mía, y pareció avergonzado al responder.

—Sí.

Le tendí la mano para que la estrechara, y él la miró por un segundo antes de tomar mi mano entre las suyas. Su fuerte apretón me sorprendió.

—Entonces hagamos esto —dije con una sonrisa. Le solté la mano y me senté de nuevo en mi asiento—. Bien, lo primero es lo primero. Cuéntame todo lo que necesito saber sobre ti.

Andrew miró a su hermana.

—Yo... ¿tenemos que hacer esto aquí? —Obviamente, no quería entrar en detalles delante de su hermana en medio de una cafetería muy concurrida en una tarde de viernes. No le culpaba exactamente. Justo cuando pensé que todo este acuerdo podría ser como tirar de los dientes, y por lo tanto un error, me sugirió que me reuniera con él en su casa al día siguiente.

—Perfecto —acepté—. Llevaré el almuerzo. ¿Cuál es tu favorita?

—¿Mi favorita qué?

Casi me reí.

—Tu comida favorita para comer.

—Ah. —parpadeó sorprendido. Hizo una pausa y luego negó con la cabeza—. No soy exigente.

—Ibas a decir algo pero te detuviste —dije—. Dime.

Dudó.

—Bueno, hay una charcutería no muy lejos de donde vivo. Hacen estas... —extendió las manos para mostrarme el tamaño de una pelota de baloncesto—. Ensaladas de antipasto.

—De acuerdo entonces —dije con una sonrisa—. Entonces llevaré ensalada de antipasto.

—Puedo encargarla si quieres —dijo, y luego se aclaró la garganta—. Si te parece bien. Puedo enviarte la dirección por mensaje de texto.

—Perfecto. Que sea para recoger a las doce y media.

Andrew asintió y me dedicó una media sonrisa, y este trabajo avanzaba oficialmente. Pensando que era un momento tan bueno como cualquier otro, hablamos del contrato y le dije mis condiciones de pago: la mitad por adelantado y la otra mitad al final, y aunque le garantizaba un resultado, nunca podía garantizar que fuera el que él quería. Intercambiamos direcciones, correos electrónicos y números de teléfono, nos dimos la mano de nuevo y le prometí que lo vería mañana.

Lola los observó marcharse, luego volvió a sentarse a mi lado y me dio un codazo.

—Es guapo.

—Tiene el corazón roto —enmendé.

Suspiró dramáticamente.

—Su hermana es muy agradable.

—¿Dijo algo? —le pregunté—. Sobre Andrew o su ex.

Lola negó con la cabeza.

—La verdad es que no. Mayormente habló de la boda del fin de semana pasado. Aunque es bastante obvio que quiere a su hermano. Todo lo demás tendrás que descubrirlo por tu cuenta. —Me miró arqueando sus cejas.

Me reí de ella.

—A partir de mañana, eso es exactamente lo que pienso hacer.

CAPÍTULO DOS

CON UNA ENSALADA del tamaño de una pelota de baloncesto en la mano, llamé a la puerta del apartamento de Andrew. Era un gran apartamento en la planta baja de Echo Park, con un aire de casa de campo, con persianas blancas en las ventanas y una barandilla decorativa. Tanto si era de alquiler como de propiedad, era evidente que Andrew tenía algo de dinero. Aunque eso no era nuevo, los hombres que podían pagarme normalmente tenían dinero.

Andrew abrió la puerta. Llevaba unos vaqueros azul oscuro y una camisa blanca abotonada. Llevaba el pelo rubio peinado hacia un lado, estaba bien afeitado y todo en él indicaba orden. Su sonrisa era un poco forzada, pero se hizo a un lado y dijo:

—Pasa.

Entré, sin fijarme en lo bien que olía, sin saber a dónde ir, pero me dirigí al salón delantero. Estaba amueblado como una casa de verdad, como si tuviera las cosas claras. Un piano de cola estaba en la esquina, brillante y sin polvo. Sofás a juego, cojines de diferentes colores y cuadros pintados a mano enmarcados en las paredes uniendo todos los colores. La habitación estaba llena de luz natural. Todo estaba donde debía.

Me pregunté brevemente si había contratado a un diseñador, pero al mirar a Andrew y lo perfectamente arreglado que estaba, no dudé de que lo había hecho él solo. Le sonreí y él se pasó las manos por los muslos, claramente nervioso por tenerme aquí.

Le tendí la bolsa de papel marrón.

—El almuerzo.

—Bien —dijo pasando por delante de mí—. Por aquí.

Le seguí a través de una puerta situada al final de la habitación, que conducía a una pequeña cocina bien equipada. Recogió dos platos y algunos cubiertos.

—¿Quieres algo de beber?

Me encontré sonriéndole.

—Sí, claro. Agua estaría bien.

Hizo una pausa, probablemente sin estar seguro de si le estaba tomando el pelo o no, antes de sacar dos botellas de agua de su nevera. Nos sentamos a la pequeña mesa situada junto a la cocina, frente a un gran ventanal que daba a un patio.

—Bonito lugar —dije mientras empezábamos a comer.

Miró hacia la ventana como si hubiera olvidado que estaba allí.

—Gracias.

—¿Cuánto tiempo has vivido aquí?

—Algo más de doce meses.

No ofreció más información voluntariamente. Tomé otro bocado de la ensalada.

—Mmm, está muy buena. —Y lo estaba. Una mezcla de alcachofa marinada, berenjena, pimientos, remolacha, espirales de pasta y hojas de rúcula.

Asintió y tragó su bocado.

—Están muy buenas. También hacen una gama de

pasteles caseros y sopas que me encantan para el invierno, pero su surtido de ensaladas es mi favorito.

—Entonces —lo incité, ahora que al menos estaba hablando—. Cuéntame la historia de Andrew Landon.

Su tenedor se detuvo a medio camino de su boca.

—No hay mucho que contar.

Lo miré durante un largo rato. Estaba claro que tenía un problema de autoestima.

—Bueno, hay un hermoso piano por ahí que no dice eso.

Casi sonríe.

—Mis padres me tuvieron en clases desde los cuatro años.

—¿Clásico?

Asintió y se comió su bocado de ensalada. Esperé a que se lo tragara para que continuara.

—Mi hermana practicaba ballet; yo piano —ofreció—. Mis padres vienen del mundo del teatro.

—¿Y saben que eres gay? —No era realmente una pregunta, porque ayer ya me había dicho la respuesta.

Parpadeó y puso con delicadeza el tenedor en su plato vacío, perfectamente centrado, a las seis en punto, mientras que el mío estaba marcando las cuatro menos diez.

—Sí, lo saben.

—¿Es un problema para ellos?

Negó tímidamente con la cabeza.

—No. No es un problema.

Una parte de mí suspiró aliviada por dentro. Siempre temía hacer la pregunta de los padres.

—Lamento que algunas de estas preguntas sean personales —le dije—. Pero para eso estoy aquí. Necesito conocerte.

Asintió.

—No pasa nada. Es que no estoy acostumbrado, eso es todo.

—Si hay algo que crees que está fuera de los límites, dímelo y retiraré la pregunta —le dije—. Tenemos un objetivo, y es conseguir que Eli se dé cuenta de que ha cometido un error. Pero eso no significa abrir la veda en tu vida personal. Respetaré tus límites.

Volvió a asentir y se relajó visiblemente. Incluso me sonrió antes de recoger los platos.

—Gracias por la comida.

—Es un placer. Ahora entiendo por qué es tu favorita. Estaba deliciosa.

Sonrió mientras ponía los platos en el fregadero.

—¿Deberíamos irnos a la sala de estar? Es más cómodo.

—Deberíamos.

Volvió a hacer una pausa, obviamente no le gustó que repitiera sus palabras, pero aun así no dijo nada.

—No estoy de cachondeo —dije levantándome de la mesa—. De hecho, me gusta tu forma de hablar. Es genial escuchar a alguien que realmente utiliza el idioma inglés tal y como fue concebido. Es un buen cambio.

Volvió a fruncir el ceño, como si le gustara más el insulto que el cumplido, antes de salir al salón. Se sentó en el extremo del sofá de tres plazas, así que le seguí la corriente pero me senté justo en el centro. Me coloqué un poco de lado hacia él y doblé una pierna debajo de la otra, con cuidado de no poner la bota en el sofá, y me zambullí de lleno en los detalles.

—Háblame de ti.

Volvía a estar nervioso, sentado erguido con las manos cerradas en un puño sobre los muslos.

—Bueno, ¿qué quieres saber?

—¿Cuántos años tienes?

—Veintiséis.

—¿A qué te dedicas?

—Soy un animador visual.

¿Qué?

—¡De ninguna manera!

—Um, sí. Trabajo para DreamWorks.

—¡Cierra la puerta!

Andrew miró hacia la puerta principal.

—Um...

—Quiero decir, ¿En serio? —pregunté riendo—. ¿Un animador para DreamWorks?

Asintió y se mordió el labio.

—No es tan emocionante. Es decir, me encanta, pero es un trabajo fastidioso. Puede parecer glamuroso, pero es un trabajo muy lento y arduo.

—Estoy muy impresionado —dije negando con la cabeza—. No puedo creer que eso sea lo que haces.

Se sonrojó, pero su ceño se frunció.

—¿Por qué no puedes creerlo? ¿No parezco del gremio?

Oh, Dios, creyó que yo pensaba que no era lo suficientemente bueno.

—No, quiero decir que si hubieras dicho que estabas en algún puesto de finanzas o derecho, habría pensado que vale, genial.

—¿Crees que soy aburrido?

Resoplé.

—No. No es aburrido. Creo que eres serio. Serio, pero muy interesante. ¿Y por qué decir de la gente de finanzas y derecho que es aburrida? ¿Quién sabe? Tal vez haya algún abogado corporativo o consultor de finanzas interesante en *algún* lugar del mundo. Todavía no han encontrado ninguno, pero no es *imposible*.

Casi sonríe.

—¿Así que trabajas en películas? —pregunté sin poder ocultar mi emoción. Sabía que Los Ángeles estaba lleno de gente de la industria del entretenimiento, pero ¿la animación y los dibujos animados? Bueno, eso era otro mundo—.

¿He visto tu trabajo? Por favor, dime que has trabajado en Shrek, porque es la película más divertida de la historia.

—No. No trabajo en el cine como tal —dijo disculpándose—. De todos modos, para haber trabajado en Shrek, habría sido a los diez años.

—Oh, claro.

Parecía divertido.

—¿Has estado en los Estudios Universal?

—No.

Parpadeó.

—Oh, vaya. —Mi respuesta pareció desconcertarlo—. Bueno, tienen animaciones en todo el recorrido. O las tomas promocionales, yo trabajo en ellas. Algunas portadas, ese tipo de cosas.

—Vaya, es increíble —le dije. Se mordió el labio, pero estaba claro que mi aprobación le complacía—. Dime qué haces en tu día. ¿Cómo es un día típico de trabajo para ti?

Se aclaró la garganta.

—Bueno, trabajo en el estudio de animación en Glendale. Empiezo a las ocho y media. Tenemos muchas reuniones de equipo, ese tipo de cosas, por las mañanas normalmente. Um, técnicamente soy un artista de desarrollo de imagen. ¿Conoces los guiones gráficos con personajes y escenas dibujadas a mano? Eso es lo que hago. Para el trabajo de promoción.

—Vaya.

Se resistió a sonreír y puso sus manos en el regazo.

—Recibimos una directiva de la oficina central. Hacemos los guiones gráficos con escenas y personajes de la película y luego los entregamos al departamento de arte. Ellos lo adaptan, luego va a los decorados y a algunos otros equipos antes de llegar a la animación.

Negué con la cabeza.

—Uf, estoy muy impresionado.

—No es que esté desarrollando personajes originales ni nada por el estilo —dijo restándole importancia por completo—. En realidad, es bastante fácil tomar personajes e hitos establecidos y trabajar con ellos.

—Bueno, aun así estoy impresionado. Es fascinante. —Entonces me fijé de nuevo en las obras de arte enmarcadas en la pared—. Dios mío —dije levantándome y acercándome a los cuadros. Había tres marcos cuadrados, cada uno de los cuales mostraba ¿un humano abstracto dibujado con tinta y su caballo con una cola graciosa...? No, un caballo no, ¿un perro? No, espera... era un dragón... *¡Oh, mierda!* Era de *Cómo entrenar a tu dragón*. No eran los personajes los que estaban coloreados, era el fondo, pero solo matices. Era más que abstracto. Era impresionante—. ¿Tú hiciste esto?

Andrew asintió.

—Mis primeros trabajos. Me dejaron conservarlos. De todos modos, no eran el producto final, en realidad eran sólo bocetos. —Se acercó y se puso a mi lado—. Los terminé aquí y después añadí los colores al fondo.

Todavía me asombraba su talento.

—Es como una acuarela —murmuré. Lo miré fijamente hasta que se volvió para mirarme—. Andrew, son increíbles.

Se sonrojó y tragó saliva antes de dedicarme una tímida sonrisa.

—Gracias.

—Deberías hacer arte.

Parpadeó sorprendido.

—Yo hago arte.

—No, no para películas o temas promocionales de estudios —corregí—. Sino para galerías y ese tipo de arte. En serio.

Negó con la cabeza y volvió al sofá.

—¿Por qué? Tengo el mejor trabajo del mundo.

—Cierto. —Me senté a su lado y eché una última mirada

a los cuadros enmarcados—. Y para que sepas, me encantó esa película.

Ahora rio. Toda su cara cambió cuando sonrío con ganas. Le salían esas arruguitas en las comisuras de los ojos y sus ojos brillaban de un modo especial. Su risa era profunda y contagiosa.

—¿Qué? —dije indignado pero sonriendo—. Resulta que me gustan las películas de animación. —Pero no quería que perdiera su buen humor, así que le hice más preguntas antes de que volviera a quedarse callado—. Háblame de la gente con la que trabajas.

—Todos son buena gente —dijo—. Tenemos cierta libertad en el trabajo. Yo sería, ¿cómo dijiste? El serio, supongo.

—No lo dije en el mal sentido —añadí.

—Oh, lo sé —dijo—. Es cierto. Siempre he sido así. El tranquilo y serio. Mayormente.

—Ya sabes lo que dicen de los callados —dije con una sonrisa—. Es a los callados a quienes hay que temer.

Andrew soltó una carcajada.

—Bueno, soy completamente inocente.

Necesitaba seguir haciéndole preguntas. Pero ayer había visto cómo se cerraba en banda y no quería responder a nada si se le acorralaba, así que tenía que mantenerme en temas más seguros.

—Bien, preguntas rápidas —dije—. ¿Comida que no soportas?

—Aguacate. Es viscoso y sabe mal.

—¿Café?

—Sí.

—¿Cómo te gusta?

—Café con un dos por ciento de leche. Sin azúcar ni jarabes.

—¿Qué día haces la colada?

—Los sábados.

Oh.

—¿Interrumpo tu colada?

Sonrió.

—No. Yo vivo peligrosamente así.

Me reí.

—¿Membresía del gimnasio?

—Sí.

—¿Alergia a los perros?

—No.

—¿Gatos?

—No.

—¿Caballos?

Se rio.

—No.

—¿Película favorita?

Miró a la pared los dibujos enmarcados y sonrió.

—*Cómo entrenar a tu dragón 2*.

—¡Tramposo! —grité—. Bien, la película favorita en la que no has trabajado.

—Um. —Volvió a sonreír y miró hacia arriba como si la respuesta estuviera escrita en el techo—. *Blade Runner o La Naranja Mecánica*.

—Vale, para —dije levantando las manos—. No puedes pasar de la animación cursi de DreamWorks a las duras de Ridley Scott y Stanley Kubrick.

Se sorprendió claramente de que conociera a los directores.

—¿Había reglas? —replicó.

—Bueno, no.

—Siguiente pregunta.

Dejé escapar una risa incrédula.

—No puedo dejar pasar eso. ¿En serio? ¿*La Naranja Mecánica*?

—También me encantan los clásicos como *Frankenstein* y *El Mago de Oz*.

Negué con la cabeza.

—Eres un hombre complejo.

Ahora estaba sonriendo. Realmente era muy guapo.

—No realmente.

—Sí, de verdad. ¿Libro favorito?

—Oh, um. —Entrecerró los ojos, como si le doliera elegir sólo uno—. *Matar a un Ruiseñor*. Lo sé, es el libro favorito de todo el mundo. —Se encogió de hombros.

—Bueno, hay una razón por la que es el favorito de todos —añadí—. ¿Canción favorita?

Levantó la mano.

—No. Demasiadas para elegir.

—Todo el mundo tiene una canción favorita sobre todas las demás.

Negó con la cabeza.

—¿Tú tienes una?

—Sí.

—¿Cuál es?

—No lo digo. Hoy es para preguntarte a ti, no a mí.

—¿Cuándo te toca responder a las preguntas?

—Mañana.

—¿Quedamos mañana?

—Sí.

—¿Dónde?

—Mi casa —ofrecí sin saber por qué. Las palabras salieron antes de que pudiera detenerlas—. Si quieres. O podemos ir a otro lugar, no me importa.

—¿Y me vas a decir cuál es tu canción favorita entonces?

—Sí, siempre que reduzcas tu lista a una. Una canción favorita.

Sonrió y negó con la cabeza.

—Podría pedir el veto.

Le devolví la sonrisa.

—Podrías, pero no lo harás. Bien, entonces háblame de tus amigos.

Hizo una pausa.

—¿Quieres conocerlos? —preguntó, su sonrisa había desaparecido y había cautela en sus ojos.

—Depende —respondí encogiéndome de hombros, tratando de ser casual. Era como si hubiera tocado una fibra —. Si lo necesito, supongo que lo haré. Pero ahora mismo sólo necesito saber con quién te mueves. —Entonces le pregunté—: ¿Tendrías algún problema en que los conociera?

Se apresuró a responder.

—Oh, no, no. Estaría bien, supongo. —Negó con la cabeza—. Es que no sabía hasta dónde llegaba esto, eso es todo. No quiero que se hagan una idea equivocada de nosotros, y preferiría no decirle a nadie que esto. —Señaló entre nosotros—. Es una relación por contrato.

—Llega hasta donde necesitemos que llegue, y puedes contarle a la gente lo que te sientas cómodo para contarle —le dije con lo que esperaba que fuera una sonrisa tranquilizadora—. Llega hasta donde Eli nos vea juntos y ojalá le haga ver lo que se pierde. Y eso es todo.

Andrew asintió y volvió a mirar sus manos.

Respiré profundamente.

—Bien, entonces háblame de él.

—¿Qué quieres saber?

—Nombre completo.

—Eli Masterson.

—¿Qué edad tiene?

—Veinticinco.

—¿Dónde os conocisteis?

Sonrió.

—En la tienda de comestibles.

—¿Quién invitó a salir a quién?

Andrew parpadeó y respondió en voz baja.

—Él me lo pidió.

—¿Tienes alguna foto de él?

Andrew sacó su teléfono del bolsillo. Hojeó algunas páginas y me lo entregó.

—Hay algunas —dijo—. Puedes hojearlas si quieres.

Eli tenía el pelo y los ojos oscuros, la piel olivácea y una amplia sonrisa. La primera foto era de ellos tomándose una selfie. Eli sostenía algo en sus manos. Andrew sostenía el teléfono, así que supuse que la foto había sido idea suya. Me desplacé a otra y era una foto cándida de Eli, luego otra de él sacando la lengua. Luego una de ellos sentados juntos, la foto fue tomada por otra persona. Sin embargo, parecían bastante felices, y en realidad no era que conociera muy bien a Andrew y ni siquiera había visto nunca a Eli. Parecían decididamente normales.

—¿Cuánto tiempo estuvisteis juntos?

—Ocho meses —dijo Andrew.

—¿Y vivisteis juntos?

Asintió.

—Sólo llevábamos un mes o dos saliendo cuando se mudó. —Se rio con un sonido incrédulo—. Eso suena muy estúpido, lo sé. Pero de todos modos estaba aquí casi todos los días, y estaba pagando el alquiler de un apartamento en el que nunca estaba, así que tenía sentido —Andrew suspiró largo y tendido—. Toda nuestra relación fue un poco como un torbellino. Todo sucedió muy rápido.

—¿Estabais comprometidos?

—Sí. —Luego se encogió de hombros—. Bueno, técnicamente no. No teníamos anillos ni nada. Me pidió que me casara con él, pero luego no volvió a sacar el tema.

Hmm. Extraño.

Había algo que tenía que saber.

—Andrew, ¿puedo preguntarte algo personal?

Se rio.

—¿Ah, pero no lo has hecho ya?

Sonreí ante eso. Por muy cierto que fuera, esto era diferente.

—¿Te ha hecho daño?

Andrew se quedó helado y luego parpadeó.

—¿Cuando me dejó?

—No, quiero decir, ¿alguna vez te hizo daño? ¿Fue rudo, intimidante o agresivo de alguna manera?

—¿Qué? No —respondió él—. No, nada de eso. Nunca fue así. ¿Por qué preguntas eso? ¿Crees que querría que volviera si hubiera sucedido algo?

Levanté la mano en forma de ofrenda de paz.

—Sólo necesitaba saber a qué me enfrentaba y si algún psicópata celoso querría matarme por estar contigo. Eso se lo pregunto a todo el mundo. —Bueno, técnicamente no lo hacía; sólo hacía esa pregunta si estaba justificada.

Cogió su teléfono como si yo hubiera ofendido la fotografía de Eli.

—Él no es así en absoluto. Sé que a algunos no les gustaba mucho, pero no lo conocían como yo.

—Es justo —dije—. No quise hacer daño. —Dijo que Eli nunca le había hecho daño físicamente, y yo le creí. Había algo en Eli que no me gustaba. Tal vez cuando lo conociera mejor, cambiaría de opinión. Estaba claro que Andrew le quería, y mi objetivo era que volvieran a estar juntos, no ver si Eli valía la pena—. ¿Cuándo hablaste con él por última vez?

—La semana pasada —dijo Andrew mirando a la foto de Eli.

—¿Quién inició el contacto?

Andrew se aclaró la garganta.

—Lo llamé.

—¿Y cómo fue? —pregunté—. ¿Fue agradable? ¿Amistoso?

Asintió.

—Sí. Charlamos y reímos como si nada hubiera cambiado.

Las señales mixtas eran las peores de tratar. Te mantenían cerca como un juguete de segunda mano. Descartado por si llegaba algo mejor, pero manteniéndote cerca por si no tenían a nadie más.

Seguía mirando sus manos en el regazo.

—¿Crees que estoy siendo estúpido?

—En absoluto —respondí sin dudar—. Estás enamorado de él. Haces lo que sea necesario. Yo no soy nadie para juzgar.

Sus ojos se dirigieron a los míos, su voz susurrante.

—¿Alguna vez has...? Ya sabes, ¿has estado enamorado?

Y así, con una pregunta sorpresa, tuve esa sensación de presión en el pecho, como si sus palabras me apretaran el corazón. Iba a mentir, pero luego pensé que a la mierda. Había algo en Andrew que me hacía sentir, bueno, no estaba seguro. ¿A salvo? Como si no me juzgara. Así que, con eso en mente, le dije la verdad.

—No lo creo. La lujuria, claro. Pero ¿amor? —Negué con la cabeza—. Creo que el amor es para otras personas.

Andrew me estudió durante un minuto, como si le hubiera confundido.

—¿Tienes a alguien... un novio?

Negué con la cabeza.

—No. No tengo tiempo realmente. Estoy demasiado ocupado yendo a citas fingidas con chicos sexis como tú.

Andrew se rio y un ligero rubor le subió por el cuello. Al parecer, se había quedado sin palabras.

—Dices lo primero que se te pasa por la mente.

Era cierto. Lo decía. Necesitaba conocerlos a él y a Eli,

y por supuesto, cómo y por qué terminó su relación. Así que le pregunté una vez más. Siempre era la pregunta más difícil.

—¿Por qué te dejó?

Me miró como si le hubiera abofeteado. No contestó durante un rato. Sus labios se torcieron en un mohín antes de que sus dientes mordieran su labio inferior de nuevo.

Un momento después dijo:

—Para ser sincero, no lo sé. Como dije, todo fue un torbellino con él. Nos conocimos, se mudó, me pidió que me casara con él, todo iba bien. Bueno, yo creía que sí, luego... —Se encogió de hombros—. Entonces llegué a casa del trabajo mientras él salía con su maleta.

—¿Qué te dijo? —pregunté suavemente.

—Sólo que él... —Andrew exhaló con fuerza—. Sólo que necesitaba espacio.

—¿Así que no dijo que se había acabado? ¿No dijo que el compromiso estaba cancelado?

Andrew me miró con tristeza y negó con la cabeza.

—No. Dijo que necesitaba espacio y se fue, como si fuera a buscar leche o cualquier otra cosa.

—Hmm. —Seguro que algo no encajaba. Fruncí el ceño, una mirada que Andrew no pasó por alto.

—¿Qué?

Luego, la segunda pregunta más difícil.

—¿Crees que podría haber alguien más?

—No. —Andrew negó con la cabeza y luego frunció el ceño—. Creo que no. —Luego me miró con pánico en los ojos—. Oh, Dios. ¿Y si lo hubiera? —Parecía muy afectado antes de esconder su cara entre las manos.

Le pasé el brazo por el hombro y me lancé a una línea bien ensayada, sólo que esta vez se sentía diferente.

—Andrew, escúchame. Si este chico está viendo a otra persona, entonces estás mejor sin él. Pero si sólo necesitaba espacio y algo de tiempo para ver las cosas con claridad, entonces le pondremos las cosas en su sitio, ¿de acuerdo?

Andrew respiró profundamente y se recompuso. Finalmente, asintió.

—De acuerdo.

—Perfecto —dije con una sonrisa tranquilizadora—. Así que si vamos a conseguir que este hombre tuyo se ponga celoso y se arrastre a tus pies, rogando que lo aceptes de nuevo, entonces tenemos trabajo que hacer.

CAPÍTULO TRES

—OS DIGO QUE FUE INCREÍBLE —dije. Lola, Gabriel, Daniela y Emilio me miraron fijamente. Estábamos tomando un café en la tienda de tatuajes, sentados donde los clientes esperaban su turno, o repasaban las revistas de tatuajes, en lo que se había convertido en una tradición del desayuno tardío de los domingos para nosotros. Bueno, yo estaba tomando mi habitual té verde, ellos estaban tomando café, y demás estaba siendo sometido al típico interrogatorio después de empezar un nuevo trabajo. *¿Cómo es él? ¿Es un aprovechado? ¿Tiene un fetiche con las muñecas de goma?* Ya sabes, lo típico.

—Tiene una obra de arte en la pared del salón que hizo él mismo —les dije—. Estaba hecha con lápiz, pero el fondo era de pintura de acuarela. Era una magnífica obra de arte. —Señalé con la cabeza los libros de tatuajes que había en la mesa de centro entre nosotros—. Mejor que cualquier cosa que haya visto en cualquiera de esas revistas.

—¿Sí? —preguntó Emilio. Sabía que como tatuador apreciaría lo que estaba diciendo—. ¿Pero dibuja caricaturas?

—Diseña esos formatos visuales que van a los animadores —le expliqué—. Es realmente genial. Y tiene un piano de cola en su salón.

—Entonces, ¿no hay muñecas sexuales sintéticas de apariencia real escondidas en su armario? —preguntó Daniela. Parecía decepcionada.

Emilio le frunció el ceño juguetonamente.

—No todo el mundo es un pervertido como tú.

Sonrió a su marido.

—Gracias, cariño. —Me hizo reír. Emilio y Daniela se habían hecho muy amigos míos. Eran los caseros sí, pero Emilio se había convertido en un hermano mayor para mí, y su hermosa esposa en una hermana por asociación.

—Entonces, ¿es guapo *y* completamente normal? —preguntó Lola.

Me encogí de hombros.

—No lo conozco tan bien, no es como si hubiera visto su cajón de juguetes sexuales, pero sí. Si es que existe algo normal. Y te digo que es un buen cambio con respecto al último chico.

Gabriel soltó una carcajada.

—Oh, vamos —dijo—. ¿Qué hay de malo en que un chico de veintitantos años tenga colecciones de cucharas y sofás cubiertos de plástico?

Negué con la cabeza, recordando la primera vez que entré en la casa de ese hombre. Me hizo estremecer.

—Ese era el menor de los problemas de ese hombre. Era espeluznante como el infierno.

Lola se rio.

—O el gilipollas superrico anterior. Que pensaba que su novio era una mercancía a adquirir y no entendía por qué el pobre salió corriendo.

—Le dije a ese chico que corriera a las colinas —dije—. Preferiría al chico que cubría todo con plástico y Clorox antes que a ese imbécil. —Podía soportar lo espeluznante de Raymond, pero Gerard, el millonario pagado de sí mismo, creía que su dinero podía comprarle todo lo que quisiera, incluida la gente. Y esa mierda no funcionaba conmigo.

—¿Cuándo llegará el hombre del piano? —preguntó Emilio.

Siempre teníamos apodos para mis clientes. *El hombre Clorox, el gilipollas superrico, el hombre pelo de perro, el hombre culo.* Había nombres inventados para todos ellos. Pero por alguna razón, no me gustaba la idea de etiquetar a Andrew con un nombre que lo hiciera menos de lo que era.

—Se llama Andrew —les dije. Ignoré las miradas que me lanzaron y la forma en que Daniela se quedó con la boca abierta—. Y llegará en cualquier momento.

Justo a tiempo, Andrew, con su jersey de rombos y sus pantalones de vestir, se detuvo frente a la tienda. Miró el nombre de la tienda, completamente ajeno a las cinco personas que le observaban desde el interior. Sacudió un poco la cabeza, murmuró algo para sí mismo y levantó la mano para llamar a la puerta, pero se arrepintió y la bajó. Respiró hondo y golpeó rápidamente la puerta, probablemente antes de perder los nervios y marcharse.

—Ve a salvarlo —dijo Lola, dándome una patada con su tacón.

Entonces me di cuenta de que seguía sentado mirándolo como un completo idiota.

—Cierto —dije dirigiéndome rápidamente a la puerta. Corrí el cerrojo y tiré hacia adentro—. Hola —dije a modo de saludo.

Andrew me dedicó una media sonrisa.

—Hola.

Me hice a un lado.

—Entra, conoce a mi equipo. —Andrew entró, oliendo muy bien, y cerré la puerta tras él porque técnicamente la tienda no abría hasta dentro de una hora o así. Se quedó allí, con la mirada perdida y fuera de lugar, mirando a todos los que le devolvían la mirada.

Parecía que quería desmayarse o irse. Probablemente ambas cosas.

—Andrew —empecé, poniendo mi mano en su hombro e instándolo a avanzar un poco—. Esta es Daniela y su marido Emilio, son los dueños de la tienda. Y a Lola ya la conoces, pero este es su novio Gabriel, o Gabe, como lo llamamos. Chicos, este es Andrew.

Los cuatro lo saludaron con la mano, diciendo "holas" en voz baja y entablaron una incómoda charla. Andrew se limpió las palmas de las manos en los muslos, así que antes de que alguno de ellos pudiera decir algo que lo hiciera sentir más incómodo de lo que ya estaba, y todavía con mi mano en su espalda, miré a Andrew y le dije:

—¿Estás preparado?

Asintió rápidamente.

—Claro.

Volviéndome hacia mis amigos, que nos observaban y sonreían, les dije:

—Nos vamos. Nos vemos luego. ¿Cerráis la puerta cuando salgamos? —Fui a la puerta principal, la desbloqueé y se la abrí a Andrew.

Justo antes de que la puerta se cerrara tras de mí, juro que oí a Lola tener esa reacción de chillido susurrado que hace cuando está excitada.

—¡Oh, Dios mío! ¿Has visto la cara de Spencer? —Los demás murmuraron y alguien se rio, pero por suerte la puerta se cerró antes de que pudiera oír más. Por alguna gracia de Dios o por buenos modales, Andrew tampoco pareció darse cuenta. Hice una nota mental para matar a mis supuestos amigos más tarde.

Señalé la calle hacia la playa.

—Por aquí.

Después de media manzana en silencio y una pequeña charla sobre su viaje a mi casa, dijo:

—Tus amigos parecen agradables.

Me reí.

—Normalmente no se comportan así. Son muy buenas personas. La mayoría de la gente piensa que los tatuadores son unos matones, pero no es así. Emilio y Daniela son amigos míos muy leales, y Lola... bueno, está loca. Pero es mi mejor amiga. Dulce, feroz y alocada.

—No hay mucha gente que pueda salir a la calle con el pelo rosa, un vestido a rayas blancas y negras y unos zapatos de tacón verde azulado —dijo.

Ahora yo estaba sonriendo.

—No, no podrían. Ella prácticamente domina la apariencia de chica modelo de los años cincuenta con el estilo roquero rebelde.

Sonrió.

—Lo consigue.

—Hay una pequeña tetería marroquí a la vuelta de la esquina —le dije, señalando la calle—. Hacen buenos desayunos. ¿Has comido?

—Hace unas horas.

Dios, eran las diez de la mañana de un domingo.

—¿Llevas tantas horas despierto?

—También estuve en el gimnasio.

Negué con la cabeza.

—Entonces se te ha abierto el apetito.

—Nunca he comido marroquí. Desde luego, no para desayunar.

Sostuve la puerta de la tetería abierta y mostré una sonrisa para él.

—Entonces hoy será tu primera vez.

El interior del café era una mezcla de naranjas, morados

y rojos. Olía a especias y a limón. Las mesas de madera oscura eran bajas y los asientos de los bancos estaban cubiertos de cojines, y agradecí que mi mesa favorita siguiera vacía. Estaba en el rincón junto a la ventana por donde se filtraba la luz del sol.

Tomé asiento y esperé a que Andrew hiciera lo mismo. Se sentó frente a mí, mirando a su alrededor, sonriendo.

—Me encanta este sitio —le dije—. ¿Y esta mesa? Si pudiera traer un libro y que me sirvieran té todo el día, nunca me iría. Sobre todo en invierno, cuando el sol entra por la ventana.

Sonrió, con una sonrisa de esas que arrugan las esquinas de los ojos, y de nuevo me sorprendió lo guapo que era. Tenía el pelo rubio arenoso cortado y peinado hacia un lado, pero un poco alborotado. Estaba bien afeitado y olía realmente bien: a jabón, a desodorante y a hombre. Tenía ese aire de chico americano limpio y bien definido. Intenté imaginármelo llevando algo más de mi estilo o algo diferente al jersey de rombos y los pantalones de vestir, pero no pude. Le quedaba muy bien. Si hubiera una revista llamada *Nerds Sexis*, él aparecería en la portada.

La dueña, una mujer mayor y maternal llamada Zineb, se acercó y me dedicó una sonrisa.

—Spencer, hace tiempo que no te veo.

—¡Lo sé! He estado ocupado esta semana —le dije—. Pero mi amigo nunca ha comido marroquí. ¿Qué crees que debería probar?

—*Khobz b'chehma* con cordero y pimientos —dijo ella—. Hecho esta mañana, y *msemen* porque es tu favorito.

Le sonreí.

—Como siempre. Con tu mermelada de higo y miel, por favor.

Puso los ojos en blanco.

—Por supuesto. ¿Té?

—Para mí, sí, por favor. —Hice un gesto con la mano a Andrew, que me miraba divertido—. Y un café con un dos por ciento de leche, sin azúcar ni jarabes. Gracias. —Hice su pedido exactamente como me dijo que le gustaba.

Zineb nos dejó y empezó a gritar en árabe a su marido. Dios, me encantaba este lugar.

—¿Te acordaste? —dijo Andrew—. Cómo tomo mi café.

—Claro —respondí. Cielos, era como si nadie hubiera hecho una cosa tan sencilla por él—. Es mi trabajo recordar todo sobre ti.

—Sí, por supuesto —dijo encontrando de repente el menú interesante.

—Y eso me recuerda —añadí—. Necesito esa canción favorita.

—Bueno, verás, no es tan sencillo.

—Sí, lo es.

—¿Ah sí? Entonces, ¿cuál es tu canción favorita, por encima de todas las demás?

—La versión de Jeff Buckley de "Hallelujah".

Parpadeó.

—¿Así de fácil?

—Así de fácil.

—Es una buena canción.

—Es la canción perfecta —enmendé—. Me gusta la versión de Leonard Cohen, no me malinterpretes. Pero la versión de Jeff Buckley es, bueno, es perfecta.

—¿Perfecta? Esa es una gran decisión. —Frunció el ceño—. ¿La canción perfecta? ¿Cómo defines la canción perfecta?

Me encontré con que le sonreía.

—No lo pienses demasiado, así es. Descarta toda la basura técnica, los parámetros, los acordes, lo que sea. Ve por la sensación. Cómo se siente aquí. —Apreté mi mano contra el esternón—. Esa canción me detendrá dondequiera que esté.

Me miraba fijamente con un atisbo de sonrisa en los labios, pero había una comprensión, un acuerdo tácito en sus ojos.

—Bueno, si es así como determinas la canción perfecta, entonces tendría que decir la *Sonata Claro de Luna* de Beethoven. —Pareció aguantar la respiración y luego se encogió de hombros, como si lo lamentara—. No es genial ni nada parecido, pero es una canción preciosa. Bueno, técnicamente ni siquiera es una canción. Es una composición musical.

—Deja de lado los tecnicismos, no te disculpes —dije—. Nunca. Si te gusta, hazla tuya. Repite después de mí... —Se quedó mirando, esperando. Entonces dije—: Mi canción favorita es la composición musical *Sonata Claro de Luna* de Beethoven, porque es jodidamente impresionante.

Se rio y miró a su alrededor para ver quién podría haberme oído decir una palabrota.

—Dilo —le insté.

Se aclaró la garganta y habló en voz baja.

—Mi canción favorita es la *Sonata Claro de Luna* de Beethoven, porque es... jodidamente impresionante.

Le sonreí.

—¿Ves? ¿A qué se siente mucho mejor?

Se rio, justo cuando Zineb nos trajo a las bebidas. Me miró, expectante.

—¿Y? —dijo—. ¿Quién es tu amigo?

Andrew la miró fijamente y se quedó inmóvil, y yo hice las presentaciones.

—Este es Andrew. Andrew esta es Zineb, preparadora del mejor té verde de Los Ángeles.

Ella sonrió.

—Le gusta el té verde marroquí —le dijo a Andrew—.

No hay mucha gente que lo haga. Cómprale de esto y te ganarás su corazón. —Resoplé y Andrew casi se tragó la lengua—. La comida no tardará en llegar —añadió antes de marcharse, aparentemente ajena a la expresión de horror en la cara de Andrew.

—¿Cree que somos...?

Asentí.

—Será mejor que te acostumbres —dije dándole la vuelta a mi taza de té—. Necesitamos que la gente piense que estamos saliendo. Especialmente Eli.

Andrew frunció el ceño, pero asintió.

—Sí, supongo que llevas razón.

—No soy tan horroroso, ¿verdad? —pregunté medio en broma, medio en serio.

—¿Qué? ¡No! —dijo con vehemencia—. Sólo eres, ya sabes...

—Eh, no. No lo sé. —Esto podría terminar mal. Casi no quería preguntar—. ¿Es un buen *"ya sabes"* o un mal *"ya sabes"*?

—Bueno —dijo rápidamente. Un leve rubor subió por su cuello—. Es que vas completamente... a la moda. —Se encogió ante la palabra—. Y yo no.

—Bueno, discúlpame señor amante de la *Naranja Mecánica y la Sonata Claro de Luna* —dije con una sonrisa—. Eso es jodidamente genial.

Negó con la cabeza, desestimando por completo mi opinión.

—Pero mira cómo te vistes.

Miré lo que llevaba puesto. Mis pantalones de vestir tres cuartos de color canela, camisa blanca abotonada y zapatos Oxford de gamuza azul.

—¿Hay algo malo en mi forma de vestir? —pregunté. Nunca había conseguido que a alguien no le gustara mi forma de vestir—. Iba a ponerme los tirantes pero no lo hice.

Negó con la cabeza.

—No hay nada malo en ello. Y resulta que me gusta como te quedan los tirantes. Pareces sacado de las páginas de *Moda LA*.

Resoplé.

—¿También juegas a crear revistas? —pregunté—. Te tenía en *Nerd Sexi* —admití. Dejó escapar una risa incrédula—. Pero te pondría en la portada. No una página cuatro al azar como me pondrías a mí. Oh, no, te pondría en la portada, amigo mío.

Se rio en voz baja y dio un sorbo a su café.

—De acuerdo, te concederé una foto de portada.

Le sonreí.

—¡Gracias!

—*Nerd Sexi* —repitió en voz baja negando con la cabeza —. Estás alucinando.

—Creo que encajas en ambas categorías —dije girando mi taza de té—. Y, debo añadir, que encajas bien en ellas. Me gusta cómo te vistes.

Volvió a sonrojarse, incluso los bordes de sus orejas se volvieron rosa.

Saqué el pie.

—De todos modos, me encantan estos zapatos. Pagué una fortuna por ellos.

—Me doy cuenta —dijo admirando mis mocasines.

Extendí los brazos, donde la tinta cubría cada parte de mi piel, desde la manga de la camisa enrollada hasta las muñecas.

—¿Te gustan mis tatuajes?

Volvió a quedarse helado, pero antes de que pudiera responder, Zineb nos trajo la comida.

—¿Compartís? —preguntó.

—Sí, por favor —dije haciendo espacio en la mesa—. Probaremos los dos platos. —Zineb dejó la comida, ordenó los platos y los cubiertos y nos dejó—. Prueba primero lo salado —le dije—. Está muy bueno. Es cordero con especias y verduras mediterráneas envueltos en una rebanada de pan sin levadura. Y los msemen son como tortitas. El marido de Zineb hace mermelada de higos y miel. Sabe increíble.

Tomó un bocado del khobz b'chehma y gimió. Fue un sonido gutural que me hizo sentir un cosquilleo en la piel. Después tragó.

—Increíble, está sabrosísimo.

Me reí, tratando de ignorar mi reacción ante él.

—Bueno, ¿verdad?

Asintió y siguió comiendo. Entre bocado y bocado, preguntó:

—Entonces, ¿me toca hacer preguntas?

Mierda. Asentí.

—Sí.

—¿De qué parte de Australia eres?

—Sídney.

—¿Y llevas dos años aquí?

Asentí, ayudando a bajar la comida con un sorbo de té.

—Sí.

—¿Por qué te fuiste?

Me planteé cuál era la mejor manera de responder. No necesitaba desenterrar la historia familiar para un chico al que, con toda probabilidad, conocería durante un mes y no volvería a ver, así que decidí responder con diplomacia.

—Odiaba mi trabajo y quería viajar. Los billetes de avión a Los Ángeles estaban en oferta, así que hice la maleta y aquí estoy.

Pareció procesar eso durante un rato. Si me creyó o no, no tenía ni idea. Pero parecía que sí.

—¿Familia?

Jesús. De acuerdo, tal vez no me creyó. Necesitaba trabajar en mi habilidad para mentir.

—Padres, todavía casados. Dos hermanos. Ambos más jóvenes que yo.

—¿No les importó que te mudaras al otro lado del mundo?

—No.

—¿Te han visitado aquí? —preguntó—. ¿O has vuelto desde entonces?

Tenía la boca llena de comida, así que no podía hablar, aunque quisiera. No podía decir la verdad en este caso. Negué con la cabeza.

—¿Los echas de menos?

—Sí. —Respondí un poco más rápido de lo que quería.

Asintió, más para sí mismo que para mí, y entonces supe que me había descubierto. Por suerte, no me presionó y cambió de tema.

—¿Comida favorita?

—Te la estás comiendo.

—¿Menos favorita?

—Mariscos. Soy alérgico.

Su tenedor se detuvo a medio camino de su boca.

—¿En serio?

Saqué un EpiPen de mi bolsillo y se lo mostré.

—Mucho. Suelo llevar uno de estos conmigo si salgo a comer a algún sitio nuevo, y como norma general no como nada que salga del agua. —Luego, a modo de broma, añadí —: A menos que se duche primero.

Andrew se rio de eso.

—Así que nada de mariscos.

Negué con la cabeza y guardé el EpiPen en el bolsillo.

—No. Para estar seguro, no como nada que salga del agua, como el pescado, aunque técnicamente no sea marisco. Tampoco como muchos alimentos asiáticos porque utilizan salsa de pescado como base para muchas comidas. Tengo que preguntar en muchos restaurantes antes de poder comer allí, pero algunos no lo entienden. ¿Cómo la ensalada de carne tailandesa? Uno pensaría que está bien porque es carne y ensalada, pero tiene salsa de pescado en el aderezo. Pero incluso a los chicos con los que trabajo, como en las citas falsas... —Hice un gesto entre nosotros—. Tengo que pedirles que no coman nada que pueda estar contaminado también. Porque si tenemos que enrollarnos y él acaba de comer langosta, que yo entre en un shock anafiláctico delante de su ex no queda bien.

Parecía sorprendido.

—¿Ha sucedido eso alguna vez?

Le dediqué una sonrisa.

—No.

Puso una cara pensativa y dejó el tenedor sobre su plato vacío.

—¿Tienes que enrollarte con todos tus clientes?

—¿Estás preguntando si tenemos que besarnos?

Asintió.

—Si el beso atrae la atención de Eli, entonces sí. Si hace que quiera echarte al hombro y llevarte a su cueva para hacerte suyo de nuevo, entonces sí. —Dejé que pensara en eso por un momento, sin duda ese visual estaba jugando en su mente—. Lo prometo, tengo una excelente higiene dental, labios extra suaves, y sólo doy lengua si está justificado.

Volvió a soltar esa carcajada y se sonrojó. *Dios, era demasiado fácil.*

—Oh, um, claro. —Cambié los platos y serví las tortitas y puse la mermelada a un lado para que la probara.

También le di algo de tiempo para recomponerse.

—Así que estaba pensando que esta tarde podríamos repasar los horarios de Eli, si te parece bien.

—Ah. —Pareció sorprendido—. Claro. Supongo.

—Podemos hacer algo de investigación —expliqué—. Seguir su Facebook, ver dónde ha estado, ese tipo de cosas.

Asintió pensativo.

—De acuerdo.

—¿Sabes dónde ha estado viviendo?

Frunció el ceño y luego negó con la cabeza.

—No.

—¿Dónde trabaja?

—En el centro.

—¿A qué se dedica?

—Trabaja en una imprenta en Wilshire.

No estaba muy lejos.

—¿Pasatiempos? ¿Gimnasio? ¿Bares favoritos?

—Tiene una membresía en el mismo gimnasio que yo, pero no lo he visto allí desde entonces —dijo Andrew—. Íbamos a algunos de los bares de Echo Park, aunque no eran realmente mi ambiente.

—¿Cuál es tu ambiente?

Se aclaró la garganta.

—Hay un bar de jazz no muy lejos de su trabajo. La comida es genial, la música es increíble.

—¿Te gusta el jazz?

Asintió.

—Me encanta. —Entonces tomó inocentemente un bocado de las tortitas marroquíes con mermelada de higos y miel, y gimió. Un sonido profundo, gutural y delicioso que me produjo escalofríos en la piel y un placentero estímulo directo a mi polla—. Oh, Dios mío —murmuró.

Lo estaba mirando fijamente. Ese sonido, Jesús. Si gemía así con la comida, me encantaría escucharlo en la cama.

—¿Qué? —dijo sacándome de mi aturdimiento.

Mierda. Me había quedado embobado. Me removí en

mi asiento, tratando de sofocar el deseo que me llenaba la polla, y me aclaré la garganta.

—Los panqueques están buenos, ¿verdad?

Asintió.

—Muy buenos. —Tomó otro bocado, y esta vez suspiró en lugar de gemir. Casi me decepcionó.

Zineb apareció en la mesa con una sonrisa cómplice.

—Parece que os gusta nuestra comida, ¿no? —preguntó y me dio un codazo—. A menos que haga ese sonido por ti. Se nota que te gusta, Spencer.

A Andrew casi se le cae el tenedor, pero fui yo quien se avergonzó. Sentí que un calor se apoderaba de mis mejillas y me reí para ocultarlo, pero me estaba sonrojando. Por Dios. Me quería morir.

La sorpresa de Andrew se convirtió en vergüenza, aunque no se puso tan rojo como yo, estoy seguro.

—¿He hecho mucho ruido?

Me burlé.

—Eh, sí.

—Oh —dijo en voz baja. No se estaba riendo. Miró a Zineb—. Pido disculpas.

Ella se limitó a recoger el plato vacío de la mesa y a reírse de ello.

—No lo sientas. A Spencer le gustó. —Me dio una palmadita en el hombro y volvió a la barra, y un nuevo nivel de vergüenza me invadió.

—Estoy muy avergonzado —susurró.

Mierda. Me acerqué, tomé su mano y la apreté. No la solté.

—No te avergüences. Es mi culpa. No debería haber... —Negué con la cabeza—. ¿Quieres que nos vayamos?

Asintió. Así que, sin dejar de cogerle la mano, me levanté y me dirigí al mostrador. Sólo solté su mano para poder pagar la cuenta. Le di a Zineb mi tarjeta, rezando como un demonio para que no me avergonzara más.

No hubo suerte. Me sonrió dulcemente.

—Me hace tan feliz ver a Spencer finalmente con un hombre que lo hace sonreír.

Consideré la posibilidad de rezar a los dioses del terremoto para que dieran un achuchón a la Falla de San Andrés y el suelo se abriera y me tragara entero. En lugar de eso, me quedé quieto como un idiota, me volví de un tono rosado más oscuro y murmuré:

—Gracias, Zineb, por no avergonzarme nada hoy.

Me devolvió la tarjeta bancaria, con cara de confusión.

—¿Qué? ¿No quieres a este chico?

Negué con la cabeza y me tragué el nudo en la garganta, que posiblemente fuera mi corazón.

—Gracias, Zineb. Nos vemos la próxima vez, ¿vale?

Ella parecía aún más confundida.

—Pero Spencer no miras a los otros chicos como miras a este.

Para no estar en la línea de fuego de las vergonzosas falsedades de Zineb ni un segundo más, agarré a Andrew de la mano y casi lo arrastré fuera de la cafetería, haciendo señas a Zineb para que se ocupara de los otros clientes. En cuanto estuve en la calle a unos veinte metros de allí, le solté la mano para poner las mías sobre las rodillas y recuperar el aliento.

Andrew me sorprendió riéndose. Habría esperado una lista de reacciones que iban desde el enfado hasta la vergüenza, pasando por la indignación. ¿Pero reírse? Levanté la vista hacia él.

—¿Qué es tan gracioso?

—Tú —respondió—. La mirada en tu cara.

—¡Ella me avergonzó demasiado!

—¿Te ha avergonzado? Se empeñó en decir a toda la cafetería que hago ruidos que te gustan.

—Bueno, tengo que decir que tus sonidos sexuales son jodidamente calientes.

Sus ojos se abrieron y su boca se abrió.

—¿Mis qué?

Ahora me tocaba a mí reír. Me erguí.

—No importa. Acordemos olvidar todo lo que ha dicho.

Me miró fijamente.

—¿Mis sonidos sexuales?

—La forma en que gemiste —expliqué necesitando aclarar mi garganta—. Fue, um, increíblemente sexi.

Se cruzó de brazos, luego los descruzó y se metió las manos en los bolsillos. Parecía bastante cabreado, pero el ardiente rubor que le subía por el cuello le delataba.

—Ya veo. ¿Tienes la costumbre de decir cosas inapropiadas?

—Sólo cuando los chicos hacen ruidos inapropiados que me hacen pensar en cosas sucias, lo que me lleva a decir esas cosas en voz alta. —Me encogí de hombros—. Y de todos modos, no fue inapropiado de mi parte decir la verdad. El gemido que hiciste fue muy caliente.

Se cubrió los ojos con la mano.

—Oh, Dios. —Entonces descubrió su cara y me miró fijamente—. No puedo creer que hayas dicho eso.

—No puedo creer que no lo sepas ya —respondí—. ¿Nadie te lo ha dicho nunca?

Parecía un poco horrorizado.

—No vamos a tener esta conversación. Pido veto.

Me reí y asentí hacia la tienda de tatuajes.

—Vamos, tenemos que hacer una súper investigación sobre tu chico.

La tienda estaba abierta, así que le abrí la puerta a Andrew.

—Después de ti.

Entró y se metió las manos en los bolsillos, señal inequívoca de que estaba nervioso o inseguro. Emilio estaba en su puesto de trabajo y una cara conocida estaba en la silla con el pecho al descubierto mientras entintaban su piel.

—¡Hola, Spencer! —dijo Eric, extendiendo su brazo.

Choqué mi puño con el suyo.

—Hola, tío. —Eric era un habitual de aquí. Eché un vistazo más de cerca a su siempre creciente arte en el pecho —. Se ve fabuloso.

Emilio no levantó la vista de su trabajo cuando dijo:

—Oye, Spence, ¿puedes traerme unos hisopos con alcohol?

—Claro —dije yendo directamente al armario donde los guardaba. Puse la caja en su carrito junto a su brazo—. ¿Lola y Gabe siguen aquí?

—Sí —fue la respuesta de Lola—. Puesto dos.

Asentí a Andrew, una invitación silenciosa para que me siguiera, y le conduje a la parte trasera de la tienda, a los cubículos privados. La cortina estaba ligeramente abierta, así que asomé la cabeza. Gabe estaba tumbado en la mesa y Lola y Daniela estaban de pie junto a él, inspeccionando su pezón pinzado.

—Oye —dije riendo—. ¿Qué vas a hacer?

Gabe puso los ojos en blanco.

—Lola quiere perforar mis pezones.

Entré y Andrew se quedó en la puerta con una mirada que era una mezcla de sorpresa y curiosidad morbosa. Miré por encima del hombro de Lola el pezón estirado y pinzado de Gabe. Todavía no estaba perforado, pero Lola sostenía la aguja de perforación.

—¿Vas a hacerlo? —pregunté.

Ella asintió emocionada.

—Daniela está supervisando, pero sí, tengo que perforar

su piel y dejar esta bonita barra donde corresponde. —Daniela era la perforadora oficial y se habría asegurado de que todo estuviera perfecto.

Gabe suspiró.

—Estoy empezando a pensar que mi novia tiene una perversión con el dolor.

Resoplé.

—Sólo si es tu dolor, amigo mío.

—¿Quieres que te hagamos uno? —preguntó Daniela.

Instintivamente puse las manos sobre mis pezones.

—No.

—Es más placer que dolor —dijo Daniela moviendo las cejas—. Créeme.

—¿Y un Príncipe Alberto? —preguntó Lola.

Mi polla se retrajo en mi cuerpo.

—Jesús, no.

Cuando dejó de reírse, Lola miró a Andrew.

—¿Qué tal el desayuno?

Andrew le sonrió.

—Bien. Tuvimos comida marroquí. Al parecer, hice sonidos sexuales y Zineb anunció que Spencer está enamorado de mí.

Todo el mundo se quedó mirando durante tres segundos de silencio aturdido antes de que yo me echara a reír. No podía creer que acabara de decir eso.

—¡Se supone que no debías decirles eso!

Andrew se rio y miró a mis amigos.

—Deberíais haber visto cómo se sonrojaba.

Miré directamente a Lola.

—Está mintiendo. Tiene un trastorno de mentira compulsiva y se inventa cosas todo el tiempo.

Andrew se rio, pero cuando Lola, Daniela y Gabe se volvieron para mirarlo, se limitó a negar lentamente con la cabeza.

—Digo la verdad.

—De acuerdo —dije dando una palmada—. Entonces nos vamos a ir.

Intenté acompañar a Andrew a la puerta, pero miró a mi alrededor, al pezón estirado de Gabe, y frunció el ceño.

—Eso parece doloroso.

Lola levantó la cánula del piercing y batió las pestañas.

—Sólo duele hasta que el dolor desaparece.

Esta vez, atrapé a Andrew del brazo y lo atraje conmigo hacia la puerta trasera de la tienda.

—¿De verdad va a perforar su pezón?

Puse la mano en la cerradura, y antes de que pudiera abrir la puerta, el grito de Gabe sonó desde el cubículo dos.

—¡Ay! ¡Jesucristo!

Andrew se quedó con la boca abierta y yo asentí.

—Eso sería un sí —dije. Andrew palideció un poco y le abrí la puerta—. Después de ti.

CAPÍTULO CUATRO

CERRÉ la puerta tras de mí y subí las escaleras exteriores
que llevaban a mi casa. Estaba acostumbrado a las escaleras
de incendios. La mayoría de la gente probablemente
pensaba que era una mierda de entrada al apartamento de
alguien, pero a mí me servía. Empecé a subir las escaleras y
oí que Andrew subía detrás de mí.

—Está bien si quieres ver mi culo.

Se detuvo.

—¿Le dices eso a todos los chicos que traes aquí?

Me reí y volví a mirarle.

—Sólo a los que están muy buenos.

Negó con la cabeza y no dijo nada más hasta que abrí la
puerta y entré en mi casa. La verdad es que no traía a
ninguno de mis clientes hasta aquí. Normalmente, optaba
por hacer todo el proceso de conocimiento en una cafetería
o en su casa. Así separaba mi vida personal de la profesional. No sabía por qué me había ofrecido a traer a Andrew a
mi casa. Simplemente no lo sabía.

Mi piso, o apartamento como lo llamaban los america-
nos, era un pequeño hogar de un dormitorio. Pero la cocina

y el cuarto de baño eran amplios, el salón y el comedor combinados eran largos, y una enorme ventana enmarcaba la pared más lejana que daba al bulevar Abbott Kinney. Cuando se ponía el sol, la vida nocturna de Los Ángeles iluminaba mi salón, y durante el día la luz del sol era perfecta para leer. Por eso había un gran sillón papasan frente a la ventana. Cerca de la ventana tenía estanterías improvisadas llenas de libros, en su mayoría de segunda mano. En realidad, la mayoría de las cosas de mi casa eran de segunda mano, compradas en tiendas de segunda mano o en mercadillos, pero de alguna manera, cuando todo estaba junto, encajaba.

—Bonito lugar —dijo mirando a su alrededor. Asintió—. Si hubiera una revista que se llamara *Vida de Soltero Retro-Vintage,* esto aparecería en la portada.

Me reí.

—Emilio y Daniela vivían aquí —le dije—. Renovaron la cocina y el baño mientras esta era su casa, así que está bastante bien. Se mudaron cuando la madre de Daniela enfermó; querían que viviera con ellos pero no podía subir por las escaleras.

Andrew asintió.

—Parecen buena gente. —Lo dijo como si fuera una pregunta.

Lo miré fijamente durante un largo momento.

—¿Aunque están cubiertos de tatuajes?

Sus ojos se dirigieron a los míos.

—No, eso no es lo que he dicho. He dicho que parecen buena gente, dado que los he conocido durante veinte segundos.

—No encontrarás gente más decente —le dije—. Independientemente de lo que lleven sobre su piel.

—No tengo nada en contra de los tatuajes —dijo—. O de la gente que los tiene.

—Bien —dije—. Porque Emilio y tú os llevaríais muy bien. Los dos sois artistas, los dos dibujáis para vivir. Sólo que tu tablero de dibujo no se mueve ni sangra.

Me dedicó una sonrisa.

—Cierto.

Me alegré de que la tensión desapareciera. No quería tener que darle el discurso de "la gente con tatuajes también es gente". No parecía el tipo de persona que tendría prejuicios contra nadie por nada. No es que lo conociera *tan* bien, pero parecía genuino. Y hacía tiempo que no trabajaba con alguien que lo fuera.

En el breve silencio que se produjo entre nosotros, se dirigió directamente al tocadiscos de vinilos. Estaba en un gran mueble de madera con una tapa abatible que se abría hacia arriba donde estaba el tocadiscos.

—Mis abuelos tenían uno de estos —dijo. Volvió a sonreír—. ¿Funciona?

Me acerqué a él y me puse a su lado. Señalé con la cabeza las portadas de los discos de vinilo en la estantería.

—Sí.

—¿Qué tienes? —preguntó, aunque no esperó respuesta. Simplemente se puso a mirar. Los hojeó, considerando cada uno de ellos—. Una colección bastante ecléctica.

—Sí —acepté—. Todo, desde los Ramones hasta Billie Holiday.

Dejó de hojear y sacó lentamente el disco en el que se había detenido.

—¿Puedo ponerlo?

Asentí y sonreí cuando vi cuál era. Era una recopilación de blues y jazz: Otis Redding, Bill Withers, Percy Sledge, Miles Davis y Aretha Franklin. Andrew deslizó el disco fuera de la funda como si fuera lo más preciado del mundo, y luego puso cuidadosamente la aguja en el vinilo. La habitación se llenó de ese crujido familiar y perfecto que sólo daba el vinilo, y empezó a sonar "Ain't No Sunshine".

Andrew cerró los ojos, perdido en la música, y una lenta sonrisa se extendió por su rostro. Susurró:

—Suena increíble.

—Se ha perdido mucho con la música moderna —dije en voz baja. Me miró, así que me expliqué—: Quiero decir, me gusta la música contemporánea, pero esto... —Hice una pausa mientras Bill Withers cantaba—... esto es clásico.

Andrew me sonrió y luego negó con la cabeza con incredulidad.

—¿Así que te acurrucas al sol con un libro mientras escuchas discos de vinilo?

—Algunos días —dije—. Otros días uso mi iPod y canto el Top 20. Depende de lo que me apetezca.

—¿Cómo son tus listas de reproducción? —preguntó realmente interesado.

Saqué mi teléfono, seleccioné la música y se lo entregué.

—Échale un vistazo. —Le dejé, me acerqué a la mesa del comedor y abrí el portátil.

Se tomó su tiempo inspeccionando.

—No he oído hablar de la mitad de estos artistas —dijo con el ceño fruncido.

—La mayoría son bandas australianas.

Puso una cara pensativa.

—Tendré que comprobarlo cuando llegue a casa.

—Puedes escucharlos ahora si quieres.

—Prefiero escuchar esto. —Sonrió cuando Otis Redding empezó a cantar.

—¿Así que tocas el piano clásico, pero te gusta el jazz?

—Sí.

—¿Qué partituras tienes en tu piano?

Me sonrió.

—"Yesterdays" de Art Tatum.

Parpadeé.

—¿Quién?

—Simplemente el mejor pianista de jazz funk que ha existido.

—Entonces, espera —dije levantando las manos—. ¿Aprendiste música clásica, pero tocas jazz? —Asintió tímidamente—. ¿Y dijiste que no eras genial? ¿O interesante? Jesús, Andrew. Si hubiera una revista que se llamara *Caricaturistas Sexis y Geniales que tocan Jazz Funk en Piano y ven películas de Stanley Kubrick*, estarías en la portada. De todos los números.

Se rio, con ganas, y sus mejillas se tiñeron de rosa. Luego me dio el teléfono y se sentó en el asiento contiguo al mío. Había tecleado el nombre de Eli en Facebook para ver quién o qué aparecía. Había unos cuantos, así que me desplacé por la lista.

—Ese es él —dijo Andrew.

Dejé mi dedo sostenido por encima del icono.

—¿Has mirado su muro últimamente?

Andrew negó con la cabeza.

—No.

Hice clic en su foto y Andrew apartó la mirada de la pantalla.

—¿Todo bien? —le pregunté.

—Sí —dijo mirándome, pero evitando ver el portátil—. Es que no quiero ver si está...

—¿Si ha publicado fotos de sí mismo con otra persona?

Andrew asintió.

—No había pensado en eso hasta que me preguntaste si estaba viendo a alguien. —Luego negó con la cabeza y entrecerró los ojos—. Y aquí estoy yo tratando de provocarlo para que vuelva conmigo. Un poco triste, ¿no?

—No —dije suavemente—. Por encima de todo, quieres respuestas. Y eso es lo que estamos haciendo.

—¿Obteniendo respuestas?

—Sí.

—Oír eso puede gustarme o no.

Suspiré.

—Es una posibilidad —le dije—. Puede que no te guste lo que tiene que decir, pero ¿no sería mejor que lo supieras?

Asintió.

Me desplacé por la línea de tiempo de Eli.

—Realmente debería cambiar su configuración de seguridad. —Podía, como un completo desconocido, ver casi todo sobre él. Otras personas lo habían etiquetado en memes o chistes. Había hecho algunas publicaciones en las últimas semanas—. Aún no ha mencionado su mudanza o su separación —dije y sólo entonces Andrew miró la pantalla.

Pero entonces, publicado a principios de la semana, fue etiquetado en una conversación sobre este fin de semana.

—¿Quién es Terri Santos?

—Eli trabaja con ella. Pero son amigos. A veces salíamos con ella.

—Ella dice aquí que van a ir al *Sótano* para sus bebidas de cumpleaños y le preguntó si quería unirse a ellos.

—¿Cuándo?

—Esta noche, a las ocho.

—¿Qué ha dicho? —preguntó mientras se inclinaba para leer el post y los comentarios en cuestión.

Parafraseé la respuesta de Eli.

—Dijo que no quiere estar enfermo para el trabajo mañana, pero que podría ir para tomar un par de copas.

Andrew miró desde la pantalla hacia mí y me di cuenta de lo cerca que estábamos. Sus ojos azules tenían motas de gris, algo que no había notado antes. Era tan guapo, olía tan bien y estaba tan, tan cerca.

—¿En qué estás pensando? —preguntó.

Mierda.

—¿Sobre qué? —*Porque en lo que estaba pensando era en deslizar mi mano por tu mandíbula y besarte. Apuesto a que sabes tan bien como hueles...*

—Sobre Eli, por supuesto.

—Oh, claro, sí. Por supuesto —dije negando con la cabeza por los estúpidos pensamientos que acababa de tener—. Deberíamos ir. Tú y yo, al Sótano, esta noche.

—Oh.

—Si queremos que Eli te vea en una cita con otro chico, entonces tenemos que salir de verdad.

—¿En una cita?

—Sabemos que no es real, pero él no lo sabe.

Parecía pensarlo bien, como si se preguntara si quería hacerlo.

—De acuerdo.

—¿Seguro que quieres hacer esto?

Me miró con esos ojos azul grisáceo que directamente miran al alma.

—Bueno, sí.

No parecía muy convencido, y no estaba seguro de por qué eso me alegraba. Teníamos horas antes de nuestra primera salida pública ante nuestro objetivo, pero aun así, teníamos trabajo que hacer. No estaba seguro de quién de los dos tendría más dificultades.

Normalmente podía acercarme a mis clientes y no pensar en nada. Andrew era diferente. Miré mi reloj.

—Bueno, aún tenemos un rato, pero quizá deberíamos practicar un poco.

—¿Practicar?

—Sí —asentí—. Ya sabes, nuestra historia para el público, cómo nos conocimos, cogernos de la mano, ese tipo de cosas.

Palideció.

—Ah.

—No soy tan repulsivo, ¿verdad? —pregunté medio en broma, medio en serio.

Andrew se sonrojó.

—Ah, no. Definitivamente no. —Se levantó de la mesa y entró en mi pequeña cocina. Se apoyó en la encimera y se cruzó de brazos, luego los descruzó como si fuera un hábito que estaba tratando de romper, y en su lugar se metió las manos en los bolsillos. Se aclaró la garganta y preguntó—: Entonces, ¿qué le decimos a la gente sobre cómo nos conocimos?

—Tu hermana y mi mejor amiga se conocieron en una boda el fin de semana pasado —dije.

—Bueno, técnicamente lo hicieron —dijo confundido.

—Exactamente. Es mejor atenerse a la verdad en la medida de lo posible —expliqué—. Así, si Eli se encuentra con Sarah en la calle o en la tienda y la pone en aprietos con preguntas, nadie tiene que mentir.

—Realmente no creo que se lo trague —dijo en voz baja —. Todo esto de nosotros.

—¿Por qué no?

Me miró como si no hubiera visto lo obvio.

—No empieces con esa tontería de *pero mírame* —dije con una sonrisa de satisfacción—. A menos que tengas un problema con los tatuajes y Eli lo sepa. ¿Es eso lo que quieres decir? —Le mostré como mi tinta nunca pasaba de mis muñecas. No tenía tatuajes en las manos ni en el cuello, ni en el pecho ni en la espalda. Era un tipo estrictamente de mangas—. Porque puedo llevar una camisa de manga larga y ni siquiera se dará cuenta.

Andrew negó con la cabeza.

—No, no cambies nada —dijo en voz baja. Luego se encogió de hombros—. Es sólo que, ya sabes, tú estás a la moda y yo no.

—Oh, sí, es cierto —dije poniéndome de pie—. Soy un

tipo cualquiera en la página cuatro de *Gay y Moda*, y tú eres el modelo de la portada de *Genial*.

Se rio de mi broma y negó con la cabeza.

—Ya sabes lo que quiero decir.

—No, no lo sé. ¿Pero sabes qué? No importa. Si se inclina a pensar que estar juntos está fuera de lugar, al menos sabemos que tenemos su atención.

Lo consideró.

—Cierto.

Me levanté y caminé hasta situarme frente a él. Estaba más cerca de lo que probablemente se consideraría educado, pero ese era mi objetivo. Extendí la mano entre nosotros, con la palma hacia arriba. Obviamente no sabía lo que quería decir, así que le expliqué.

—¿Tu mano?

Lentamente, puso su mano en la mía. La sostuve, sintiendo el calor y la suave piel de su palma, y luego tracé mi pulgar sobre sus nudillos. Luego sostuve su mano entre las dos mías y la apreté.

—¿Está bien? —le pregunté.

Asintió.

—Entonces, cuando salgamos juntos, si te agarro la mano, ¿no la apartarás?

Negó con la cabeza y susurró:

—No.

Podía sentir el calor de su cuerpo, podía sentir su nerviosismo. O quizás era el mío. En cualquier caso, el aire entre nosotros era eléctrico. Claro que había estado cerca de otros clientes, nos habíamos cogido de la mano, bailamos, incluso nos habíamos besado, pero no era más que una actuación. Estaba representando un papel, ni más ni menos.

Entonces, ¿por qué estaba nervioso? Quizás había pasado demasiado tiempo entre copas, por así decirlo. Tal vez necesitaba salir y soltarme. Y tal vez cuando este trabajo concluyera, eso sería exactamente lo que iba a hacer.

No sabía por qué Andrew era diferente. Era interesante, claro. Era inteligente y me hacía reír. Al principio pensé que sólo era humilde con su trabajo y su talento musical, pero cuanto más lo conocía, más me daba cuenta de que no era humilde. Era inconsciente.

Tuve que preguntarme qué coño le pasaba a Eli para querer alejarse de él.

Fue entonces cuando me di cuenta de que me cogía la mano tanto como yo a él. No se limitó a dejar su mano en la mía. Pasó su pulgar por el costado de mi mano y sus dedos se aferraron a los míos. Era reconfortante y cálido y, sobre todo, se sentía muy bien.

Me tragué el inesperado nudo en la garganta.

—¿Y si tenemos que bailar?

Tardó un momento en contestar. No estaba seguro de sí era consciente de la estática que había entre nosotros o si era sólo yo.

—Oh, yo no bailo.

—De acuerdo, está bien —dije. Me pareció bien. A algunas personas no les gustaba bailar, y eso estaba bien—. ¿Pero qué pasa si hay música alta y necesito acercarme? —pregunté. Mi voz era ronca por tratar de susurrar y, en su lugar, se había vuelto jadeante.

Parpadeó rápidamente y se lamió el labio inferior. Seguíamos cogidos de la mano, así que lo tomé de las manos con las mías y separé sus brazos a los lados. Me incliné lentamente, sintiendo su calor pero sin llegar a tocarlo, e ignorando lo bien que olía, acerqué mis labios a su oreja.

—¿Está bien?

Asintió y estoy seguro de que contuvo el aliento.

Me aparté para poder ver su cara, pero seguí sujetando sus manos.

—Si nos está mirando, podría inclinarme para hablarte al oído. Pero sólo será para llamar su atención.

Se aclaró la garganta.

—¿Y eso funcionó con otros chicos?

—¿Otros clientes? —aclaré. Había una clara diferencia entre los chicos que me gustaban y los chicos con los que trabajaba—. Suele funcionar, sí.

Dejó escapar un profundo suspiro.

—Ah, está bien.

—Y sólo te besaré si lo necesitamos para sellar el trato —le dije—. Un poco como un suave beso. A él no le importará, o me hará saber que no le gustó que te tocara. Pero si te beso, tendrás que confiar en que es porque Eli está mirando y luchando consigo mismo para venir. Sólo sígueme la corriente.

Sus ojos estaban muy abiertos.

—Oh.

Casi me reí.

—No necesitamos practicar los besos —añadí—. A menos que quieras hacerlo.

Resopló, y un rubor le subió por el cuello.

—Ah, creo que estoy familiarizado con su funcionamiento.

—Aunque sólo he tenido que besar a un cliente una vez. La mayoría de las veces, una mano bien colocada y un susurro al oído son suficientes. Como esto —dije soltando su mano para poder poner mi mano en su cintura. En su dura y bien definida cintura—. Jesús, ¿qué tienes debajo de esa camisa?

Él palideció.

—¿Qué?

Le di un apretón en el costado.

—¡Estás como musculado o algo así! —dio un salto y me agarró la mano con una carcajada.

—¡Ah!

—¿Tienes cosquillas? —pregunté riendo con él—. Es bueno saberlo.

Sus mejillas estaban rojas, pero seguía sonriendo, y el ambiente serio entre nosotros se había roto. No sabía si estar agradecido o decepcionado. Me sacudí y respiré profundamente.

—Vale, otra vez en serio.

Me miró con extrañeza.

—¿Cómo fue cuando besaste a ese chico?

—¿Mi cliente?

Asintió.

—Para ser sincero, fue incómodo —admití—. No me gustaba mucho, así que no fue natural, si es lo que quieres decir.

—¿No te gustaba?

—Quiero decir, no era mi tipo.

Asintió.

—¿Funcionó? —preguntó—. ¿Consiguió la atención de su ex?

—Seguro que sí. Como dije, soy bueno en lo que hago.

Se mordió el labio inferior y miró hacia otro lado. Finalmente asintió, como si hubiera llegado a una conclusión en su cabeza.

—Si quieres poner un límite a algo, por favor, sólo dilo —le dije—. Si el hecho de que te bese te incomoda, tienes que decírmelo. En última instancia, todo depende de ti. Tú eres el jefe aquí.

Tardó en contestar, y por un segundo me preocupó que dijera que no a la posibilidad de que lo besara, o incluso que lo tocara. No sabía por qué me molestaba eso. Probablemente porque era muy guapo y olía tan bien y sus labios parecían tan condenadamente besables...

—Está bien —respondió. Luego negó con la cabeza y se rio nerviosamente—. Dios mío, esto es raro.

Respiré aliviado, sin poder evitar sonreír.

—Sólo si dejamos que se vuelva raro.

Volvió a meterse las manos en los bolsillos.

—Entonces, ¿qué hacemos durante las próximas horas?

No había ninguna razón para que estuviera aquí al menos durante las próximas horas. Si fuera cualquier otra persona, me habría despedido de él y le habría dicho que pasaría por su casa a las siete. Pero esto era diferente. No sabía por qué era diferente. Simplemente lo era. Así que en lugar de decirle que se fuera, le dije:

—¿Qué tal si eliges otro disco para que lo escuchemos?

Luego tuvo que ir a elegir el LP en directo de Jeff Buckley, y en ese momento supe que estaba en problemas.

CAPÍTULO CINCO

SE SENTÓ en mi cómodo papasan como un gato al sol y escuchó la grabación en vinilo de mi álbum más favorito. Me senté en el sofá con mi portátil, tratando de averiguar lo que pudiera sobre Eli Masterson, pero la verdad es que sólo estaba observando a Andrew.

—Entonces, ¿Eli trabaja de ocho a cuatro, de lunes a viernes? —pregunté tratando de concentrarme en el trabajo.

—Chis.

Parpadeé. Me hizo callar, joder.

—¿En serio?

Me sonrió.

—No puedes hablar mientras suena esto. —Luego inclinó un poco la cabeza y escuchó a Jeff Buckley cantar—. Muestra un poco de respeto por este hombre.

—Oh, respeto al Sr. Buckley. —Le lancé un cojín.

Cogió el cojín y se acomodó un poco más en su asiento papasan mientras se reía, acurrucándose cómodamente y sonriendo, todavía leyendo sobre la portada del álbum y pareciendo que pertenecía a este lugar. Como si yo quisiera que estuviera allí. Y esa constatación me sobresaltó.

—¿Qué? —preguntó—. Parece que te has tragado una pastilla.

Negué con la cabeza.

—Nada. No, todo está bien. —Intentando que mi ritmo cardíaco volviera a la normalidad, volví a mirar la pantalla del portátil, justo cuando empezó la canción "Hallelujah". Y como siempre, hizo que me detuviera. Respiré profundamente y me limité a escuchar.

Cuando miré a Andrew, me sonrió.

—Ya veo lo que quieres decir. Es una gran canción. No sé si perfecta...

—¡Chis! —le respondí.

Volvió a reírse y esperó a que terminara la canción.

—Sí, Eli trabaja de ocho a cuatro, de lunes a viernes.

Sí. Eli. Mierda.

—¿Practica algún deporte los fines de semana? ¿Rugby, fútbol, tenis?

Andrew negó con la cabeza.

—Um, no.

—Me preguntaba si había algún otro lugar al que pudiéramos acudir, eso es todo —suspiré—. ¿Acude a una tienda de comestibles favorita? ¿Una cafetería? ¿Una librería? ¿Un parque?

Andrew nombró algunos de los otros lugares que frecuentaba Eli y lo que hacía en su tiempo libre. Por lo que entendí, rara vez hacían algo juntos, y Eli parecía bastante aburrido. Era difícil de explicar, pero, entre más me contaba de Eli, menos sabía yo de él.

—¿Qué solíais hacer los domingos por la tarde? —pregunté—. ¿No salías a un bar de jazz con amigos?

Negó con la cabeza lentamente.

—No.

—¿Por qué no? —pregunté—. Te encanta el jazz.

—Supongo que nunca llegamos a hacerlo —dijo encogiéndose de hombros.

—Creo que tengo que hablar con ese Eli tuyo.

Se congeló y su sonrisa desapareció.

—¿Por qué?

—Para decirle que espabile —dije en broma, aunque en realidad no estaba bromeando en absoluto—. Porque ese es el primer lugar al que te llevaría.

Andrew se rio al oír eso, y sus mejillas se tiñeron de rosa.

—Dios, pensé que querías decir que ibas a llamar a su puerta o algo así.

—Bueno, no. No iba a hacerlo. Quiero decir que podría, pero prefiero no tener contacto con el objetivo, gracias.

—¿El objetivo?

—Sí.

—Lo haces sonar como si fuera una operación encubierta o algo así.

—¡Lo es! Tenemos palabras en clave y todo.

—¿Palabras en clave?

—Bueno, frases, pero sí —le dije—. Por ejemplo, si se acerca a ti en un bar, diría: "Voy a esperar fuera", que es el código de *buena suerte*. O si el objetivo está teniendo sexo con otro tipo en los baños, diría: "Los chupitos de tequila corren por mi cuenta", que es el código para *fin del juego*.

Hizo una mueca.

—Odio el tequila.

Me encontré sonriendo para él.

—Yo también. Pero creo que no has entendido nada.

Volvió a reírse, lo que me dijo que no se había perdido nada. Le dio la vuelta a la cubierta del LP en su mano.

—¿Cómo murió Jeff Buckley?

—Um... —Cambio de tema al azar, pero bien—. Se ahogó. Entró en el Mississippi, completamente vestido, cantando "Whole Lotta Love" de Led Zeppelin, y nunca salió.

Andrew parpadeó.

—Cielos.

—¿Por qué?

—Nunca lo supe, eso es todo.

En ese momento, su teléfono emitió un pitido. Lo sacó del bolsillo y leyó la pantalla.

—Es Sarah —dijo.

Así que mientras él mantenía una conversación de texto con su hermana, yo hice otro rápido recorrido por Facebook sobre Eli, sus amigos, su familia... cualquier cosa que pudiera parecerme extraña. No había nada fuera de lo común. Tampoco había fotos de él con Andrew. Es cierto que no publicaba mucho, ni a menudo, pero aun así. Habría pensado que al menos habría mencionado que tenía un novio, o quizás un novio con el que vivía. Sin mencionar el hecho de que se suponía que estaban comprometidos. O incluso la ruptura. La gente no paraba de publicar rupturas en Facebook para que se compadecieran y notificar a su lista de amigos que habían vuelto al mercado. No se mencionaba a Andrew en absoluto.

Entonces busqué a Andrew.

En la línea de tiempo de Andrew, la mayoría de la gente lo etiquetó en bromas o memes. Había algunas publicaciones de Sarah. Parecían buenas personas. Nada religioso o político, nada ofensivo. Algunas fotos de festividades y, después de desplazarme un rato, encontré una foto de Andrew y Sarah. Era una foto antigua, de cuando eran pequeños, en lo que parecían unas vacaciones familiares. Una familia feliz, incluso una familia perfecta.

Una punzada de tristeza me atravesó el pecho y salí rápidamente, justo cuando Andrew guardó su teléfono. Agradecido por la distracción, pregunté:

—¿Todo bien?

—Ah, sí —dijo poniendo los ojos en blanco—. Mamá la ha invitado a una comida el mes que viene y Sarah me acaba de avisar de que si ella tiene que ir, yo también.

—Suena divertido.

Se burló.

—Si por diversión quieres decir aburrido como el infierno, entonces estarías en lo cierto.

No tenía ni idea de lo bien que sonaba una comida familiar. Me miró fijamente durante un largo segundo y luego se acercó para poner la tapa del disco encima del tocadiscos.

—Vamos —dijo, poniéndose de pie—. Venga.

Cerré lentamente mi portátil.

—Eh, ¿a dónde vamos exactamente?

—Vas a comprarme mi primer disco de Jeff Buckley.

Le sonreí.

—Oh, ¿en serio?

—Sí, en serio. A menos que quieras darme este. —Señaló mi tocadiscos.

—Ni lo sueñes. Ese es mi favorito.

—Eso es lo que pensaba —dijo caminando hacia la puerta. Se volvió para mirarme, de donde no me había movido, y dio una palmada—. Como si estuvieras vivo, Spencer.

—De acuerdo —dije recogiendo mi cartera y mis llaves. Cogí rápidamente dos botellas de agua de la nevera y le di una mientras salíamos por la puerta—. ¿Siempre eres tan insistente?

Se rio, y esas pequeñas líneas arrugaron las esquinas de sus ojos, y el sol dio una calidez a su piel. Bajó las escaleras primero y esperó a que yo llegara al final. Supuse que no estaba seguro de qué dirección tomar. Señalé con el pulgar la puerta con cerrojo de la tienda de tatuajes.

—No se puede acceder a la tienda desde el exterior, así que tendremos que dar la vuelta. —Señalé con la cabeza hacia el final del edificio, y nos sincronizamos en una cómoda zancada uno al lado del otro.

—Supongo que habrá una tienda de música por aquí —dijo cuándo nos acercamos a la calle.

—Hay unas cuantas —le dije—. ¿Quieres un CD o un LP? Podría haberlo descargado para ti si hubiera sido más fácil.

—LP, seguro.

—¿Tienes un tocadiscos?

—Bueno, no. Pero creo que tendré que conseguir uno. Me imagino que el jazz y el blues en vinilo serán increíbles.

Le sonreí.

—¡He creado un monstruo!

—No puedes ponerle discos clásicos de vinilo a un melómano y no esperar que los quiera.

Sonreí.

—Cierto.

Caminamos las dos manzanas, las bromas entre nosotros no cesaban. Hablaba gesticulando con las manos cuando explicaba las cosas, lo que me pareció bastante entrañable, y estoy bastante seguro de que no había dejado de sonreír desde que salimos de mi casa. Tiramos nuestras botellas de agua vacías en una papelera de reciclaje antes de guiarle por un callejón lateral del bulevar y situarnos frente a la puerta de la tienda de música.

—Antes de entrar, debes prometerme algo.

De repente se puso serio.

—¿Qué?

—Este lugar es especial, y por ende, debe permanecer en secreto.

—¿Y por ende?

—Es una expresión.

—Que nadie ha usado en doscientos años.

—No es cierto. Acabo de usarla ahora.

Se rio.

—Bien, ¿entonces se supone que no debo decirle a nadie que vine aquí?

—No. Es como Las Vegas.

—¿Algo como "Lo que pasa en Las Vegas, se queda en Las Vegas"? ¿De verdad?

—Sí, de verdad. —Asentía—. Es demasiado impresionante para ser popular.

—¿No es eso redundante para la rentabilidad de su negocio?

—Posiblemente. Pero es completamente indie de la vieja escuela. Creo que el dueño era un surfista fumador de marihuana de los años sesenta y tiene principios contra las multinacionales, aunque nunca le he preguntado. De todos modos, si demasiada gente lo conoce, se convierte en una corriente principal. Y eso lo arruinaría.

Frunció el ceño al verme.

—Entonces no es como Las Vegas. Es más como *El Club de la Lucha*.

Me reí e incliné la cabeza.

—Ah, saltamontes. Has pasado la prueba. Puedes entrar. —Sonrió y abrí la puerta con una carcajada.

Entró.

—Vale, vaya.

La tienda de música era como un homenaje a los años setenta. En lugar de luces de neón y pantallas digitales parpadeantes, había carteles de grupos musicales y camisetas vintage pegadas a las paredes. Y filas y filas de discos de vinilo.

—Genial, ¿eh?

Asintió lentamente y, sin dejar de mirar las filas de álbumes, dijo:

—¿Por dónde empiezo?

—Por aquí —le dije, guiándolo hacia la sección de folclore—. Están clasificadas por género y luego por orden alfabético. —Encontré la sección B—. Aquí. Jeff Buckley.

Hojeó algunas de las cubiertas.

—¿Cuál me gustaría? —preguntó más para sí mismo que para mí.

—Su álbum *Live from Sin-é* —le dije—. Cubrió a Billie Holiday y Nina Simone. Te encantará.

Me encargué de buscar entre las tapas, y cuando levanté la vista, me estaba mirando fijamente. Es decir, estábamos hombro con hombro, rebuscando entre discos antiguos, y él me estaba mirando fijamente.

—¿Qué?

Rápidamente se volvió a las portadas de los discos.

—Nada. —Negó con la cabeza—. Puedes buscar entre estos. Yo sólo... miraré los tocadiscos —murmuró en voz tan baja que apenas le oí. Y se marchó a mirar los viejos tocadiscos y los de platos giratorios.

Raro. Pero, teniendo en cuenta que no lo conocía tan bien, era difícil calibrar qué era un comportamiento extraño o no. Encontré el disco que buscaba y saqué la funda. El vinilo parecía intacto, así que, con una sonrisa, volví a meter el disco en la funda y seguí a Andrew hasta la pared del fondo.

—Lo he encontrado —le dije.

—Oh, genial, gracias —dijo. Estaba claramente distraído con los tocadiscos, porque no me miró—. ¿Cuál de estos crees que debería elegir?

Sólo eran unidades de mesa, no armarios enteros como el mío. Parecía indeciso entre dos.

—Creo que el negro. Tiene altavoces incorporados —le dije—. Y hará juego con los marcos de tu pared y tu piano.

Me sonrió.

—Es cierto.

—Ahora —dije mirando a mi alrededor—. Es justo que elijas un álbum para mí.

Miró alrededor de la tienda y parpadeó.

—Oh.

—No es algo que creas que me gustaría, sino algo que elegirías para ti.

Se dirigió directamente a la sección de jazz. Hojeó las portadas, haciendo muecas con algunas, frunciendo el ceño con otras, y con algunas puso cara de asco. Pero entonces sacó un disco, leyó el reverso para ver la lista de canciones y sonrió. Lo levantó para que lo viera. Se llamaba *Jazz en Piano: Funk y Fusión*. Decir que me sorprendió era quedarse corto.

—La portada parece una mala película porno de los setenta.

Se rio, pero rápidamente miró a su alrededor para ver quién podía haberme oído.

—Bueno, la portada no es genial, pero las canciones sí.

Me lo entregó y leí por encima los nombres de las canciones y los artistas que nunca había escuchado.

—¿Escucharías esto? —le pregunté.

—Lo escucharía.

—*Jazz en Piano: ¿Funk y Fusión?*

Se rio.

—No lo critiques hasta que lo oigas.

Solté una exhalación desinflando mis mejillas.

—Vale, tú eres el jefe.

Llevé los discos al mostrador y el chico que estaba allí hizo un gesto de aprobación. Su enorme afro no se movió.

—Excelente elección —dijo mirando la selección de Andrew.

—¿Ves? —dijo Andrew, dándome un codazo—. Te dije que era bueno.

Puse los ojos en blanco pero luego le dije al chico que estaba detrás del mostrador:

—Y el tocadiscos negro, gracias.

Andrew sacó su cartera, pero yo le entregué al vendedor mi tarjeta.

—Yo pago.

—¡No puedes hacer eso! —objetó Andrew.

—Acabo de hacerlo —dije. No tenía ni idea de por qué lo hice. Pero me pareció bien. El empleado finalizó la venta, me devolvió la tarjeta y le entregué los discos a Andrew—. Puedes llevarlos —le dije, cogiendo el tocadiscos.

Estuvo callado durante la mitad del camino de vuelta a mi casa.

—No puedo creer que hayas hecho eso —dijo.

—No fue gran cosa —respondí.

Puso una cara que no pude interpretar, y cuando llegamos a la tienda de tatuajes, se detuvo.

—Gracias —dijo con la mano en la puerta—. Fue muy amable, y no quise parecer desagradecido.

—No parecías desagradecido —le dije—. Más bien sorprendido de que alguien hiciera algo así por ti.

Se mordió el labio.

—Nadie lo ha hecho.

—Realmente necesito hablar con ese Eli tuyo —dije bromeando—. Porque eso es una vergüenza.

Sin decir nada más, empujó la puerta y me la abrió. Le hice un gesto con la cabeza:

—Gracias, amable señor. —Puso los ojos en blanco.

—Eh, aquí están —dijo Emilio. Estaba inclinado sobre el mostrador con un bolígrafo en la mano, trabajando en un papel de calco. Se levantó y estiró la espalda—. ¿Qué tienes ahí?

—Tocadiscos —dije—. Andrew no tenía.

Andrew sostenía los dos LPs como si fueran un escudo.

—Spencer lo compró para mí.

Emilio se rio, pero había una mirada curiosa en sus ojos, que yo ignoré muy astutamente.

—Bueno, conéctalo y escuchémoslo —dijo.

Puse el tocadiscos sobre la mesa de centro y saqué el cable de la parte trasera.

—Bueno, he comprado un LP para Andrew y otro para mí.

—Eligió un Jeff Buckley para mí —dijo Andrew. Estaba nervioso, pero hacía un esfuerzo.

Conecté el reproductor.

—Y Andrew eligió algo de *Jazz en Piano: Funk y Mierda* para mí.

Andrew entrecerró los ojos hacia mí.

—No es una mierda.

—Oh, ¿eso es lo que he dicho? Quise decir *Jazz en Piano: Funk y Fusión*. Se me debe haber escapado lo de mierda.

Sonriendo, Emilio le dijo a Andrew:

—Se sale con la suya al decir mierdas como esa por su acento australiano.

Me burlé.

—Como si pudieras hablar. Te pones muy suave con tu español cuando estás hablando dulcemente con Daniela.

Emilio me dedicó una sonrisa de oreja a oreja, y Daniela habló desde el cubículo de atrás.

—Y funciona, siempre.

Emilio le contestó, algo en español sobre esta noche y el resto preferí no seguirlo. Pero por la forma en que Andrew se sonrojó, diría que entendió cada palabra. Se aclaró la garganta y me entregó los dos discos. Pensando en ser educado, elegí el disco de Jazz y saqué el vinilo de la funda, poniéndolo en el tocadiscos y bajando con cuidado el brazo de la aguja.

Sonó el familiar crujido y luego una introducción de piano. Me recordó a esas viejas películas de Ray Charles, sentado en un bar de mala muerte en Nueva Orleans. Estaba intrigado. Luego sonó un contrabajo, seguido de lo que parecía una sección de viento metal.

—Oye, esto no está mal —le dije.

Andrew parecía un poco engreído y mucho más simpático, así que fingí estar groseramente interesado en la portada del álbum. Y cuando volví a levantar la vista, Andrew estaba de pie cerca del mostrador, mirando a Emilio dibujar.

Era fácil olvidar, siendo uno de ellos tatuador y un poco tosco, y el otro muy arreglado y de universidades prestigiosas, que ambos eran artistas.

Debería haberme dado cuenta de que tendrían mucho en común.

Dejé la música sonando y me uní a ellos en el mostrador. Andrew se limitó a observar cómo Emilio dibujaba las olas y el sol, y al cabo de un rato Emilio levantó la vista hacia él.

—Está muy bien —dijo Andrew.

Emilio se encogió de hombros ante el cumplido.

—Gracias.

—Andrew también es un artista —le recordé.

Emilio miró a Andrew, como si lo hubiera olvidado también.

—Qué bien. ¿Qué dibujas?

—Diseño guiones gráficos de personajes —dijo como si no fuera notable. No podía apartar los ojos del papel de la plantilla—. Tu técnica a mano alzada es increíble.

—Lo que hago es a mano alzada —dice Emilio—. Es más fácil sobre el papel que sobre la piel, pero a veces, para conseguir las elevaciones y depresiones del cuerpo, necesito hacerlo a mano alzada directamente sobre la piel.

—Jesús —susurró Andrew—. Nunca podría hacer eso.

—Los guiones gráficos de personajes suenan bastante interesante —dijo Emilio. Cogió un trozo de papel de calco y le acercó un bolígrafo—. Muéstrame lo que puedes hacer.

Andrew me miró, con las comisuras de los labios hacia abajo. Luego sonrió y puso el bolígrafo sobre el papel. En lo que en realidad no fueron más que unos cuantos trazos del bolígrafo y un entrañable mohín mientras dibujaba, tendió el trozo de papel. Era muy simplista pero igualmente identificable. Era la cabeza y los hombros de un chico, como de una película de dibujos animados, pero este chico tenía el pelo peinado hacia arriba, corto por los lados, y barba de chivo en la mandíbula. Sin embargo, fueron los tirantes que llevaba el día que lo conocí los que lo delataron.

Me había dibujado.

Emilio soltó una carcajada y le ofreció la mano a Andrew en un apretón de manos tipo hermano.

Les fruncí el ceño, fingiendo ofensa, cuando en realidad era jodidamente guay.

—¡Oh, mira! Es el chico de la página cuatro de *Vida Moderna*.

Andrew se rio y volvió a coger el papel, y encima del pequeño chico dibujó las palabras *Vida Moderna*, como si fuera la portada de una revista. Debajo escribió Spencer Cohen.

—Ya está. Ahora está en la portada.

Me reí, y antes de que pudiera coger el dibujo, Emilio lo tomó.

—Esto va a ir a nuestro muro de la fama. —Lo colgó entre las demás fotos de tatuajes.

En ese momento se abrió la puerta y entraron dos mujeres que sonrieron a Emilio.

—Estaba terminando el dibujo —les dijo—. Tomad asiento. No tardaré nada.

Una de las señoras asintió repetidamente.

—¡Esta música es genial!

Andrew me golpeó el brazo.

—Te lo dije.

Me reí pero dije:

—Vamos. Será mejor que dejemos a Emilio.

—Puedes quedarte si quieres —dijo una de las señoras de forma sugerente. Miró entre Andrew y yo—. Los dos podéis.

Pensando que era un buen momento para ponerle a prueba en cuanto a las muestras de afecto en público, pasé mi brazo por la cintura de Andrew.

—Lo siento, señoras. Tenemos *cosas* que hacer.

Andrew se sonrojó, y pudo haber contenido la respiración, pero no se inmutó.

—Oh —dijo ella entendiendo el punto—. Qué pena.

—No para mí —dijo Andrew sorprendiéndome.

Solté una carcajada justo cuando Daniela salió del fondo. Me miró con una extraña sonrisa en la cara, y mientras Andrew y yo recogíamos el tocadiscos y los dos LPs, noté que Daniela lanzaba una mirada interrogativa a Emilio. La ignoré, y por suerte ninguno de los dos dijo nada. Al menos no delante de Andrew. Sabía que probablemente me asarían después.

Andrew era realmente un hombre sorprendente. Su apariencia indicaba que debía ser un hombre de carácter recto, un buen chico americano, de modales suaves, tímido e incluso un poco empollón. Pero su sentido del humor, su gusto por el cine y la música, y su inteligencia lo hacían intrigante para mí. Me sorprendía con los comentarios y frases menos esperadas, y realmente empezaba a pensar que Eli debía estar jodidamente loco para haberse alejado de él.

—¿No vamos por aquí? —preguntó Andrew, señalando la parte trasera de la tienda.

Me dirigí a la puerta principal.

—No. Vamos a tu casa. Los autobuses están por aquí.

Andrew se encogió de hombros pero no se movió.

—Bueno, puedes coger el autobús si quieres, pero yo he conducido. Mi coche está por ahí. —Señaló la parte trasera de la tienda.

Emilio se rio, y yo le mostré el dedo corazón. Levantando la barbilla, pasé por delante de Andrew.

—Entonces por aquí.

—Adiós, chicos —dijo Daniela—. Lola dijo que te llamaría mañana.

—Gracias —dije dedicándole una sonrisa al salir. Sostuve la puerta trasera abierta para Andrew—. Podrías haber dicho simplemente que conducías tú.

Sonrió mientras salía a la luz del sol y se acercaba a un BMW aparcado en el solar detrás de la hilera de tiendas, por donde habíamos pasado antes.

—Ni siquiera dijiste "Eh, ese es mi coche" cuando pasamos junto a él.

Lo desbloqueó y abrió la puerta del conductor.

—No puedo ir contándote todos mis secretos en dos días, ¿verdad?

—El hecho de que conduzcas un coche no es precisamente un secreto. —Puse el tocadiscos en el asiento trasero y me subí al asiento del copiloto de su coche inmaculadamente limpio.

—Bueno, nunca me preguntaste si conducía —dijo poniendo la marcha atrás—. ¿Y si Eli te hubiera preguntado por mi coche? Habrías fallado.

—Le habría dicho que estaba demasiado ocupado dejando que me follaras en el asiento trasero como para fijarme en el tipo de coche que era.

Apretó la palanca de cambios y se quedó con la boca abierta.

Me eché a reír.

—Es una broma. Nunca cabríamos ahí atrás. Sin embargo, el vaquero invertido en este asiento...

Entornó los ojos hacia mí, puso la primera y giró el coche limpiamente.

—¿Siempre buscas el valor de la sorpresa?

—A veces. A veces es simplemente divertido. Como ahora.

Negó con la cabeza y sacó el coche a la calle.

—¿Fue divertido?

—Sí. Y también me reveló algo sin tener que preguntar.

—¿Qué fue?

—No me corregiste cuando asumí que eras activo —dije yendo a lo casual, aunque mi polla no era casual en absoluto.

—Ah, veto. —Se aclaró la garganta y se sonrojó con una paleta de rojos—. Veto, veto, veto.

Me reí.

—Me parece justo. Pero puedo decir que ahora mismo te lo estás imaginando totalmente.

Me miró fijamente.

Señalé la carretera.

—Cuidado con la carretera. ¡Jesús!

Afortunadamente estaba atento.

—¿Te gustaría conducir?

Resoplé.

—No, por supuesto que no. Para mí es el lado equivocado del coche, lado equivocado de la carretera.

Refunfuñó algo que sonaba muy parecido a "Malditos australianos" mientras circulaba a través del tráfico. Tuve que admitirlo. Era un buen conductor. Y su coche era muy bonito.

—No he conducido un coche desde que llegué aquí —admití.

—¿Nada de nada?

—No. Voy en autobús o a pie. Vivo en el centro de todos los lugares a los que quiero ir. Aunque lo echo de menos, para ser sincero.

Lo consideró durante un rato.

—Antes sólo estaba bromeando, pero podría parar si quieres conducir de verdad.

—No —dije sonriéndole—. Prefiero no estrellar tu coche en nuestra segunda cita.

—¿Cita?

—Bueno, ya sabes lo que quiero decir. A todos los efectos, y si Eli lo pregunta, entonces sí. Es una cita. —Esto pareció chocarle, así que añadí—: Pero no te asustes, no espero que te pongas en la segunda cita.

Negó con la cabeza.

—Eres insufrible.

Tararee con satisfacción.

—Gracias. Por cierto, lo has hecho bien ahí atrás. Cuando puse mi brazo alrededor de ti. Lo hiciste bien.

—Yo... no lo esperaba.

—No esperaba que le dijeras a esa señora que no era una pena para ti que yo fuera gay.

Comprobó su espejo retrovisor y cambió de carril.

—Sí, bueno, eso me molesta. Que digan que es una pena que alguien sea gay. —Frunció el ceño—. Es una falta de respeto.

—Lo es —acordé.

—Espero que a Emilio no le importe que se lo dijera a sus clientes.

—En absoluto. Emilio no tiene reparos en poner en su sitio a los maleducados.

—Es muy bueno dibujando a mano alzada —dijo—. Me sorprendió. Supongo que nunca he pensado en los tatuadores como *artistas*.

—Seguro que sí. Excepto que su tablero de dibujo es el cuerpo humano.

Eso le hizo sonreír.

—¿Qué vamos a hacer en mi casa? —preguntó—. ¿No se supone que vamos a salir esta noche?

—Sí, claro que sí. Tenemos que preparar tu tocadiscos porque no has escuchado a Jeff Buckley cantar a Nina Simone.

Detuvo el coche en un lugar no muy lejos de su casa, y se quedó sentado durante un segundo como si quisiera decir algo pero no estuviera seguro de si debía hacerlo. Al final, dijo:

—Suena bien.

Fue un poco reservado después de eso. Como el primer día que lo conocí en el café. Dios, ¿fue realmente hace dos días? Ahora parecía tener un muro defensivo, del tipo que hacía que su sonrisa no fuera del todo correcta y su conversación un poco rebuscada. Puso el tocadiscos en la mesa del comedor.

—¿Quieres conectarlo? —le pregunté.

Se limpió las manos en los pantalones.

—Tal vez más tarde. ¿Quieres una botella de agua?

—Eh, claro. —Le dediqué mi mejor sonrisa. No sé por qué me molestaba tanto y por qué quería más que nada enderezar lo que fuera que hubiera hecho mal. Me ofreció algo para beber pero genuinamente parecía molesto por algo. Quise preguntarle si estaba bien, pero no quería que me dijera que todo el trato se había cancelado. No quería dejar de pasar tiempo con él. Así que fingí que no había nada malo y volví a llevar el estado de ánimo a aguas más seguras—. ¿Tienes alguna película?

¿Qué coño estaba haciendo? Mi cerebro me decía que me fuera. Mi estúpido corazón le decía a mis estúpidos pies

que se quedaran dónde estaban y a mi estúpida boca que le hiciera preguntas estúpidas.

—Sí, claro —dijo desde la cocina—. En el mueble de debajo de la tele. También tengo Netflix.

Abrí el armario, queriendo ver qué decía de él su colección de películas. Sonreí cuando vi el primer DVD. *Cómo Entrenar a tu Dragón*. Lo saqué y lo sostuve mientras él volvía a entrar en la habitación.

Esbozó una sonrisa genuina.

—También tengo la segunda —dijo—. Pensé que habías dicho que habías visto la primera, no la segunda.

Abrí el estuche y metí el DVD en el reproductor.

—He visto esta. Pero tenemos que verlas en orden.

Se rio y se acomodó en el sofá, pareciendo más relajado. Lo que sea que le molestara hacía un momento parecía haberse olvidado y eso me alegró más de lo debido. Recogí los mandos a distancia donde estaban colocados debajo de la gran pantalla plana y se los entregué cuando me senté en el otro extremo del sofá. Iba a plantarme a su lado, pero pensé que no me arriesgaría a que se asustara de nuevo. Me dio la botella de agua.

—Gracias.

Pulsó algunos botones y la película comenzó, pero luego hizo algo en su extremo del sofá, y éste se inclinó lentamente hacia atrás, convirtiéndose en un sillón reclinable.

—Oye —dije—. ¿Cómo hago eso?

Sus labios se curvaron en la botella de la que estaba bebiendo.

—Hay un botón en el lateral.

Encontré el botón y el reposapiés subió lentamente, y el respaldo se reclinó automáticamente.

—Oh, hombre, tengo que comprarme uno de estos sillones.

—Mi hermana me dijo que era una pérdida de dinero. Pero fue la mejor decisión.

—Puedo ver por qué. —Dios, era cómodo—. Bueno, entonces tienes que contarme sobre cualquier cosa de la película que hayas dibujado para el trabajo de promoción.

Sonrió.

—De acuerdo.

—¿Cuáles son tus favoritos para trabajar? —pregunté—. ¿Los humanos o los dragones?

—Dragones.

—¿Cuál?

—Desdentado.

—Por supuesto.

—¿Es un problema?

Me reí.

—No. Habría algo malo si no lo fuera. Es el más guapo, seguro.

Andrew se rio de eso.

—Lo es. Es muy felino para dibujar.

Observamos en silencio durante un rato.

—¿Has trabajado en algo hasta ahora? —pregunté—. Me gustaría ver tu trabajo.

Me lanzó la carátula del DVD y enarcó una ceja antes de volver a la película. Miré la carátula, sin entender lo que quería decir. Entonces me di cuenta. *Dios mío.*

—¿Dibujaste la carátula?

—Pensaba que iba a tener que golpearte con ella en la cabeza —dijo riendo—. He trabajado en ello, sí. No es sólo mi trabajo. Hace falta un gran equipo de personas.

Negué con la cabeza con incredulidad.

—¿Trabajaste en la maldita caratula? ¡Eso es genial! Deberías ser el dueño de eso. ¿Cómo es que no se lo dices a todo el mundo?

—Porque no me gusta alardear.

Resoplé.

—Yo no dejaría de contarlo.

Se rio de eso.

—Bueno, ya hay bastantes nombres y aspirantes a celebridades en esta ciudad sin que yo me sume a ellos.

—¿Y sabes qué? —pregunté—. Eso es lo que me gusta de ti.

Sus labios se movieron mientras luchaba por sonreír.

—Gracias. —Volvió a mirar la película—. También me gustas por eso. Tampoco eres un escalador social. Es agradable encontrar a alguien así en esta ciudad.

Sus palabras hicieron que mi corazón diera un vuelco, lo que me pilló desprevenido. Fue como si un delantero de primera línea me interceptara lateralmente en un partido de rugby.

Me miró y se mordió el labio, y casi pude ver su mente dando vueltas. Entonces sonrió.

—Quiero enseñarte algo. —Saltó del sofá y esperó a que yo pulsara el botón para que el sillón automático volviera a su posición. Levantó una ceja hacia mí—. Podrías levantarte, ya sabes.

—De ninguna manera —dije—. Todavía tengo las cicatrices del zapato de mi abuela en el culo por saltar de su sillón reclinable cuando tenía unos seis años. Desde entonces, he enderezado obedientemente cada silla reclinable en la que me he sentado antes de levantarme de ella.

Dejó escapar una carcajada, pero señaló con la cabeza las escaleras.

—Vamos, es aquí arriba.

Le seguí, obteniendo una impresionante vista de su culo durante el trayecto. Se detuvo en la puerta del fondo, pero pude ver el interior. Su cama, una alta cama de matrimonio con un sólido cabecero de madera, estaba perfectamente hecha. La funda y las almohadas a juego eran negras y doradas, y supe sin tocarlas que eran caras. Y suaves.

—Si sólo me querías en tu dormitorio, simplemente haberlo pedido —bromeé.

Sólo que en realidad no estaba bromeando. No me importaría pasar algún tiempo en su habitación.

Entró y se dirigió a otra puerta.

—En mi armario, en realidad.

—¿Me quieres en tu vestidor de baño?

Me miró fijamente, confundido.

—¿Mi qué?

Los malditos australianismos todavía me hacían tropezar.

—Agh. Armario. Vestidor. Lo mismo. En serio, tienes que aprender australiano para hablarme. Y de todos modos, ¿realmente quieres llevarme a tu armario? —Me encogí de hombros—. Estoy bien con la perversión.

Se detuvo con la mano en la puerta.

—No tengo ninguna *perversión* —dijo—. ¿Siempre se trata de sexo contigo?

—No siempre —admití—. También tengo cierta predilección por la comida y la música.

—¿En algún orden en particular?

—No. Me gusta cambiar un poco. Alternándolas, ¿sabes?

Puso los ojos en blanco y se volvió hacia la puerta.

—No le he enseñado esto a nadie, pero creo que podrías apreciarlos.

Recordé lo emocionado que estaba abajo cuando, obviamente, decidió que quería que yo viera lo que había dentro, así que tenía curiosidad por saber qué demonios podía ser. Abrió la puerta, y en el lado derecho del largo vestidor había estanterías y ropa perfectamente colgada. Pero en el lado izquierdo sólo había una pared desnuda. Excepto que no era sólo una pared.

Había una larga y delgada ventana horizontal sobre mi cabeza, que era estupenda para la luz natural, pero cubriendo la pared había tiras de tableros gráficos. Tiras que obviamente había dibujado; algunos eran en blanco y negro, otros en color. Algunos estaban totalmente completos, otros eran sólo bocetos.

—Oh, vaya —susurré. Personajes que reconocí inmediatamente de las películas que había visto, no podía apartar los ojos de ellos—. Andrew son increíbles.

Pareció que sonrió casi con alivio. ¿De verdad pensaba que no me iban a gustar?

—Están muy bien.

—¿Muy bien? —repetí—. No, son increíbles. Eres increíble. No puedo creer que los hayas dibujado. —La vergüenza se deslizó por sus mejillas, pero también había una pizca de orgullo—. ¿Por qué no están en la pared de tu salón con los del Dragón?

Los miró y suspiró.

—No sé. Supongo que no quiero que mi trabajo me mire todos los días. No es todo lo que soy —dijo en voz baja.

—Te entiendo —respondí—. Puedo ver tu punto de vista. Pero, ¿en serio? ¡Estos dibujos son increíbles! ¿Ni siquiera en la pared de tu habitación?

Soltó una carcajada.

—No estoy seguro de que a los hombres adultos les guste que les miren personajes de dibujos animados. —Se aclaró la garganta—. Si sabes lo que quiero decir.

Me burlé de eso.

—Entonces está claro que traes a los chicos equivocados a casa. —Lo dije como un comentario improvisado, pero me hizo preguntarme—. ¿Le gustaban a Eli?

—Sí. Pero creo que se alegró de que estuvieran escondidos. Como dije, nadie los ha visto.

—Bueno, estoy impresionado. —Los miré de nuevo—. ¿Cuál es tu favorito?

Su cara se iluminó.

—Este. —Señaló uno a todo color de Marty, la cebra de *Madagascar*, con un afro de color arcoíris—. Fue divertido dibujarlo. ¿Cuál te gusta?

Señalé uno en particular de los dos personajes principales de *Kung Fu Panda*.

—La forma en que es sólo medio contorno, con las formas generales del cuerpo. Podemos ver quiénes son, pero...

—¿Pero qué?

—Me gusta que esté abierto a la interpretación. Pueden ser ellos de espaldas a nosotros, alejándose como una despedida, o pueden ser ellos cobrando vida. Ya sabes, sólo el comienzo.

Como no contestó, lo miré y descubrí que me estaba mirando fijamente. Abrió la boca, pero luego negó con la cabeza y decidió no decir lo que fuera que estaba luchando por decir.

—¿Tiene sentido? —pregunté—. ¿O lo he entendido mal?

Tragó con fuerza, sus ojos no se apartaron de los míos y su voz fue apenas un susurro.

—Tiene mucho sentido. Gracias.

De repente, el aire de aquel vestidor era estático. Quería alcanzarlo y tocarlo, besarlo. Dios, quería probar su boca. Pero esto no era para eso. Estaba aquí para ayudarle a recuperar a su ex.

Agradecido por el recordatorio de lo que realmente estaba haciendo allí, miré hacia la ventana y vi el color del cielo.

—Es... —Tomé un respiro para recomponerme—. Se está haciendo tarde. Deberíamos comer antes de salir, ¿no?

Dio un paso atrás y exhaló lentamente. Lo que me dijo que no estaba imaginando la electricidad entre nosotros.

—Eh, sí.

Me di la vuelta para mirar hacia el lado de la ropa de su armario.

—Sabes, creo que nunca he visto un armario más ordenado. —Incluso la ropa doblada estaba colocada a la perfección.

Tocó una camisa colgada al azar.

—No es que no haya tenido mucho tiempo libre últimamente.

Ah, sí. Eli. Y de nuevo, volvió a él. Estaba empezando a odiar al tipo, y ni siquiera le había puesto los ojos encima.

—¿Alguna de esta ropa es de él?

Los ojos de Andrew se entrecerraron un poco.

—No.

—Es una pena. Esperaba que se hubiera dejado una camisa o algo así.

—¿Por qué?

—Para poder ponérmela —le dije—. Sólo algo más que podría notar. Queremos conseguir una reacción de él, ¿verdad?

—Supongo —respondió. Entonces eligió un chaleco de punto, con el mismo estampado de rombos que el jersey que llevaba, sólo que era azul y gris, no azul y rojo. Lo sostuvo en la percha—. Me compró esto.

—Mejor aún —dije con una sonrisa—. ¿Puedo ponérmelo?

Parpadeó sorprendido.

—Claro.

Me lo puse sobre la camisa.

—¿Van a juego?

—En realidad no.

Tenía razón. Era un tono diferente de azul. Saqué una camisa blanca de manga larga, con botones, de la percha.

—Esto me servirá.

Éramos más o menos de la misma altura, pero de complexiones completamente diferentes. Yo era delgado, él era macizo, y por lo que sentí antes de sus abdominales, diría que estaba muy en forma. Era una pena que eligiera cubrirlo con jerséis, por muy guapo que le hicieran parecer.

Empecé a desabrocharme la camisa.

—¿Qué estás haciendo? —preguntó.

—Bueno, no puedo llevar tu camisa por encima de la mía. —Me desabroché el último botón y me despojé de ella —. No te preocupes, te pagaré la tintorería.

—No es eso —dijo y se aclaró la garganta. Intentó no mirarme, pero parecía no poder evitarlo. No tenía problemas con que mirara—. Tienes el pecho desnudo.

—Oye —dije profundamente ofendido—. Tengo *algo* de pelo en el pecho. —Acaricié la fina pelusa.

Se rio, pero se sonrojó tanto que hasta las orejas se le pusieron rosadas.

—No, me refiero a que no tienes tatuajes en el pecho.

—No. Sólo mangas. —Miré hacia abajo, a los hombros, donde se detenía la tinta y empezaba la piel desnuda—. ¿Qué? ¿Te sorprende?

—Bueno, sí. Supuse que los tendrías, bueno, por todas partes. —Todavía se sonrojaba, e intentaba no mirarme de reojo, igual que intentaba no sonreír.

—No, todavía no. Tal vez un día. Son un poco adictivos, pero me gusta lo que tengo hasta ahora. —Me puse su camisa y empecé a abrochar los botones—. Si encontrara el adecuado, probablemente lo haría.

Lo consideró, pero no dijo nada.

Cuando me puse la camisa, levanté los dos brazos.

—Esto me queda bastante bien, la verdad. Tienes buen gusto para la ropa.

Me concedió una pequeña sonrisa.

—Gracias.

Empecé a subir la manga, pero me detuve.

—¿Manga arriba o abajo? —pregunté—. ¿Quieres que los vea o no?

—Depende de ti —dijo.

—Bueno, no, en realidad depende de ti. Dijiste antes que nunca pensaría que saldrías con un tipo con tatuajes, así que puedo dejarlas abajo. No hay problema.

Sus ojos se encontraron con los míos y negó con la cabeza.

—Arriba. No seas alguien que no eres.

Solté una carcajada, aunque no me hizo ninguna gracia.

—Bueno, eso es exactamente lo que soy. En realidad, es lo que me pagan por ser.

Miró hacia otro lado, como si los hilos individuales de su ropa fueran las cosas más fascinantes de la historia.

—Sí, supongo.

—Pero gracias —dije—. Por querer que sea yo. —No tenía ni idea de lo que esas simples palabras podían significar para alguien como yo.

Me dedicó una sonrisa, luego se quitó el jersey por el dobladillo y lo colgó enseguida. Luego se desabrochó la camisa y, sin mediar palabra, se la quitó. Rebuscó entre su ropa, sin encontrar lo que quería, y luego fue a por sus camisetas dobladas. Sacó una gris, pero antes de que pudiera ponérsela, le dije:

—Para.

Se giró para mirarme.

—¿Qué?

Allí estaba yo, sin una pizca de vergüenza, mirando su

cuerpo. Su pecho y sus abdominales perfectamente tonificados y definidos.

—Joder, Andrew.

—Oh —dijo, y casi gemí cuando su rubor se deslizó por su cuello y su pecho. Tanteó su camisa.

—Siéntete libre de no llevar eso —ofrecí—. Porque, menudo cuerpo.

—Te he dicho que hago ejercicio —dijo poniéndose la camisa a pesar de que yo casi le rogaba que no lo hiciera.

—Sí, pero no dijiste que estabas jodidamente caliente.

Se rio de mí, despreciando todos los cumplidos que le hice. Andrew era una mezcla de todo. Era tímido y un poco manso incluso, pero tan franco en otros aspectos. Por lo general, podía diferenciar a un activo o un pasivo, pero él me dejaba totalmente confundido.

—Bien, hora de las preguntas personales —anuncié.

Dejó caer su cabeza.

—Oh, no.

Su reacción me hizo sonreír.

—Recuerda que puedes vetarme en cualquier momento.

—Suena siniestro —murmuró, pero me miró expectante. Esperando, temiendo...

—Con Eli. ¿Eras activo, o eras pasivo? —Realmente no tenía por qué saberlo. Claro, me decía la dinámica de la relación entre ellos, pero nunca le había preguntado a ningún otro de mis clientes algo tan personal. Pero con Andrew, necesitaba saberlo. Quería saber cómo era en la cama.

Al principio se sorprendió, estaba claro, y su ropa volvió a ser fascinante. Sus cejas se fruncieron por un momento y pensé que no iba a responder. Pero luego se encogió de hombros.

—Ambos. Aunque fue...

Ambos. Dios, seguía mejorando.

—Aunque fue, ¿qué?

—Infrecuente.

¿Infrecuente? ¿Qué demonios le pasaba a este Eli? Algo definitivamente no cuadraba con él.

—Tengo serias preocupaciones sobre el estado mental de Eli.

Ignoró mi comentario pero me miró fijamente a los ojos.

—Pregunta personal —repitió. Me cogió la mano e inspeccionó los tatuajes de mi brazo, más concretamente, trazó su dedo a lo largo del mayor de los cuatro mirlos, y mi corazón casi se detuvo. *No estoy preparado para compartir este tipo de intimidad*—. ¿Qué significan estos?

Me tragué el nudo en la garganta, sin saber qué responder. No estaba seguro de poder hacerlo. Mis tatuajes, como los de la mayoría de la gente, eran recordatorios, insignias de experiencias personales. Sí, podía llevarlos en mi piel para que el mundo los viera, pero su significado era demasiado personal. Al final, negué con la cabeza. Mi voz fue apenas un susurro.

—Veto.

CAPÍTULO SEIS

EL BAR ESTABA BASTANTE LLENO para ser un domingo por la noche.

Andrew había estado un poco callado desde nuestra conversación en su armario. La ironía de eso ciertamente no se me escapó. Por suerte no me presionó, pero sonrió amablemente y se esforzó demasiado por hacerme sentir mejor, casi como quien trata a un perro al que han maltratado demasiado.

La ironía de esto tampoco se me escapó.

—¿Algo de beber? —preguntó. Asentí y se dirigió a la barra mientras yo nos buscaba una mesa. Volvió con dos cervezas y me dio una—. De todas las cosas que te he preguntado, qué bebida prefieres no fue una de ellas.

—Esta está bien —dije—. Has elegido acertadamente.

El bar se llenó, cada vez más concurrido y ruidoso. Hablamos de cosas al azar. De los lugares en los que hemos estado, de lo que queríamos ser de mayores, de nuestro momento más embarazoso, de las asignaturas del colegio que nos gustaban, de las que odiábamos, de los primeros enamoramientos, de los primeros besos. Después de tres cervezas casi me olvidé de para qué estábamos allí. Hasta que Andrew miró por encima de mi hombro, sus ojos se abrieron de par en par y palideció.

Me acerqué y puse mi mano en su cintura.

—¿Ha llegado Eli? —pregunté en voz baja en su oído. Sentí que asentía pero no lo miré—. ¿Nos ha visto?

Pude sentir cómo el pecho de Andrew subía y bajaba contra el mío, y luego asintió.

—Sí. Justo ahora.

—Bien —dije retirándome y dedicándole una sonrisa—. Esto es lo que queríamos.

Me miró con ojos que no pude leer. ¿Asustado? ¿Inseguro? ¿Arrepentido?

Todavía con mi mano sobre él, me incliné de nuevo y le susurré al oído.

—Quiero saber hasta dónde llega ese rubor en tu cuerpo.

Soltó una carcajada y, como había supuesto, se sonrojó. Que fue la razón por la que lo dije.

—Jesús —murmuró dando un sorbo a su cerveza.

Le sonreí. Era la reacción perfecta. Si no era por el ex novio gilipollas, que fuera por mí. No me había dado cuenta de que me gustaban los hombres que se sonrojaban.

No me di cuenta que estaba empezando a sentir algo por Andrew.

Claro que lo trataba de forma diferente a cualquier otro cliente que había tenido, pero eso era sólo porque nos llevábamos muy bien. O eso me decía a mí mismo. No fue hasta que hubo un chico detrás de mí al que todavía no le había puesto los ojos encima que me di cuenta de verdad...

Tenía sentimientos por Andrew.

No sabía lo que quería. Pero estaba bastante seguro de que no quería que Andrew se reconciliara con Eli. En realidad, ni siquiera quería que le hablara.

Estaba fracasando en mi trabajo. Bueno, eso no era exactamente cierto. Estaba influenciando mi trabajo para beneficio personal, y eso era peor.

—¿Qué hago? —preguntó.

Iba a decirle que se dirigiera al bar. Darle a Eli la oportunidad de hacer contacto. Pero entonces Andrew puso su mano en mi pecho, y ese toque, ese calor lo cambió todo.

—Esperaremos nuestro momento —le susurré al oído. Podía oler su colonia, podía sentir el calor de su cuerpo contra mí. Era embriagador, y apenas podía hablar—. Le damos celos. Hacemos que se dé cuenta de lo que ha dejado atrás.

La voz de Andrew sonó jadeante y sexi en mi oído.

—Está mirando.

Dios, la cabeza me daba vueltas, el corazón me latía con fuerza.

—Bien —murmuré. Y fue bueno. Quería que Eli mirara. Quería poner mi mano alrededor del cuello de Andrew y besarlo. Joder, quería besarlo hasta que olvidara su propio nombre. Quería hacer más que eso. No mentía exactamente al decir que quería ver hasta dónde llegaba ese rubor en su cuerpo.

—¿Nos vamos o nos quedamos? —susurró contra mi oído.

No lo sabía. Era la primera vez desde que empecé este trabajo que no tenía ni idea de lo que estaba haciendo. Sabía que debíamos quedarnos, sabía que debía instigar un punto de contacto para mi cliente, pero no estaba listo para que esto terminara.

Jesús, mi cabeza estaba por todas partes. Y no precisamente gobernada por la razón. No estaba pensando con claridad -si es que ese no era el quid de todas las bromas de los homosexuales- no era sólo mi polla la que estaba tomando esta decisión. Mi estúpido corazón tenía bastante que decir al respecto. Desgraciadamente, mi cerebro aún más estúpido no estaba en ningún sitio.

—Salgamos de aquí.

Le cogí de la mano y le guie a través del bar, y fue entonces cuando divisé a Eli. Era igual que en las fotos que había visto, y no había duda de que se había dado cuenta de que llevaba el chaleco que le había regalado a Andrew porque sus ojos se entrecerraron al verme con él, y no había duda de que estaba mirando a Andrew.

Intentaba no sonreír cuando llegamos fuera, pero fue Andrew quien se rio.

—¿Has visto su cara?

—La vi. —Abrí la puerta del taxi más cercano y la mantuve para él. Se deslizó en el asiento trasero y me uní a él.

—¿Qué hacemos ahora? —preguntó. No estaba seguro de sí su entusiasmo se debía a que se había establecido el contacto o a que habíamos logrado la ilusión de estar en una cita, o si eran las tres cervezas que se había tomado, pero su sonrisa era hermosa.

Le di al taxista la dirección de Andrew.

—Volvemos a tu casa y publicamos algunas fotos en Facebook.

Volvió a reírse. Toda su cara estaba iluminada, como si fuera un niño adolescente que acaba de llamar a una puerta y sale corriendo. Era algo adorable.

—No estabas bromeando cuando dijiste que conseguiríamos una reacción de él.

—Parecía conmocionado —acepté.

—No creo que le haya gustado que llevaras mi chaleco.

—Por eso me lo puse.

Exhaló una carcajada silenciosa y yo esperé a que se diera cuenta. El subidón del éxito solía ir seguido de un bajón de "¿qué he hecho?" pero con Andrew no llegaba.

—¿Debería preocuparme por el tipo de fotos que quieres poner en mi Facebook? —preguntó mientras entrábamos en su salón.

—No. He dicho Facebook, no Grindr.

Se rio y se dirigió a la cocina. Vi el tocadiscos que aún no estaba conectado y decidí que tenía que funcionar y estaba inclinado sobre el armario bajo enchufando el cable de alimentación cuando Andrew volvió a entrar.

Llevaba dos cervezas en la mano y me estaba mirando el culo.

—¿Te gusta lo que ves? —pregunté con una ceja levantada.

Me tendió una botella de cerveza.

—Cállate y bébetela.

Tomé la cerveza con una carcajada.

—Se suponía que eras del tipo manso y educado. No del tipo de hacerme callar y decirme que beba.

Tomó un sorbo de cerveza y sonrió mientras la tragaba.

—Sólo delante de gente con la que no me siento cómodo.

—Me alegro de oírlo. —Acerqué mi botella a la suya—. Salud.

Hubo unos largos segundos en los que ninguno de los dos apartó la mirada, y eso hizo que mi corazón palpitara fuera de ritmo y que un calor me zumbara en la ingle. Si no fuera un cliente, le habría quitado la botella de la mano, lo habría empujado hacia atrás en el sofá y habría encontrado cada punto de piel de su cuerpo que le hiciera gemir.

Completamente ajeno a las imágenes pornográficas en mi cabeza, se dejó caer de nuevo en el sofá y puso un pie sobre la mesa de café.

—El LP no se reproduce solo —dijo.

Me burlé de él, agarré un cojín del sillón y se lo lancé.

—Mierda mandona.

Cogió el cojín con facilidad y lo dejó caer sobre su regazo. Me pregunté si era para ocultar su excitación o si era yo quién estaba al límite. Sabía sin duda que tomaría el asunto en mis manos en cuanto llegara a casa.

Puse el disco de vinilo en el tocadiscos y no pude evitar sonreír cuando ese familiar crujido llenó la habitación antes de que empezara a sonar Jeff Buckley. Entonces, todavía de cara al tocadiscos, me señalé el culo.

—¿Lo ves bien?

Me di la vuelta, pero él estaba mirando su teléfono.

—Lo siento, ¿qué dices? —preguntó todavía distraído.

—Nada —dije. Me senté a su lado—, ¿te ha enviado un mensaje?

—No.

—Lo hará.

—Pareces muy seguro.

—Bueno, soy bueno en lo que hago.

Parpadeó un par de veces y dio un largo trago a su cerveza, así que cogí su teléfono. Apreté el botón de la cámara y me recosté en el hueco de su brazo. Le pasé el brazo por el hombro y nos acomodé para que pareciéramos lo más cercanos e informales posible. Extendí el teléfono para hacernos una selfie, pero la primera foto salió mal. Él no estaba sonriendo.

—Puedes sonreír —le dije.

Lo hizo, pero seguía siendo demasiado forzado. Así que le clavé los dedos en las costillas, y él saltó y se rio, casi derramando su cerveza.

—¡Oye! —gritó, dándome un empujón juguetón.

Mantuve el dedo en el botón mientras giraba la cabeza, tratando de morder su pecho. Resopló una carcajada, así que le hice más cosquillas y nos reclinamos, con mi espalda contra su pecho. Su brazo volvió a pasar por encima de mi hombro, su mano sobre mi pecho, descansando allí. Era muy relajado, muy natural. Levanté el teléfono y tomé algunas fotos más, y las fotos mostraban una mejor sonrisa en su rostro. Una sonrisa más feliz.

—Perfecto —dije. Pulsé el botón de la aplicación de Facebook, y al ver que tenía algunas notificaciones y mensajes, que no eran de mi incumbencia, le devolví el teléfono—. ¿Quieres comprobarlas?

Se acercó para dejar su cerveza en la mesa auxiliar y cogió el teléfono. Podría haber utilizado fácilmente la mano que tenía apoyada en mi pecho, pero obviamente le gustaba donde estaba. Por supuesto que no me opuse.

—Mmm —dijo—. La mierda de siempre. —Me devolvió el teléfono sin dudarlo.

Le di al botón de subir la foto y seleccioné la mejor. Sólo se veía la mitad de su cara y la parte superior de mi cabeza, y estaba algo borrosa, pero estaba claro que ambos nos reíamos.

También estaba bastante claro que tenía mi cabeza sobre su pecho y su brazo alrededor de mi hombro.

—¿Esta? —pregunté.

La miró un segundo y respondió con un movimiento de cabeza.

—¿Qué ponemos al pie de la foto? —pregunté.

—No lo sé —respondió—. Este es tu dominio.

Resoplé y tecleé *Mejor noche de la historia*, y antes de que pudiera cuestionar si era demasiado, pulsé Publicar.

—Hecho.

Permaneció en silencio, aunque podía sentir su corazón latiendo contra el costado de mi cabeza. Pero nunca movió el brazo que me rodeaba, y yo seguí sin objetar. Sólo pasaron unos segundos antes de que llegaran los primeros *"Me Gusta"*, seguidos de unos cuantos *"Ja Ja Ja"* y dos *"Andrew????"* y un *"Oye, Andrew, creo que alguien te ha robado el teléfono"*.

Andrew soltó una carcajada.

—Esa es Michelle. Trabajo con ella. —Entonces sus mensajes privados sonaron—. Yyyy esa es Sarah —dijo con un suspiro. Sin embargo, no leyó los mensajes, y después de unos veinte segundos, su teléfono sonó. El nombre de su hermana parpadeó en la pantalla y, con un gemido, contestó —: Hola.

Realmente sólo pude escuchar el zumbido de su voz, no las palabras exactas, pero me pareció que dijo:

—¿Está ahí contigo ahora?

—Bueno, sí. ¿Podemos tener esta conversación mañana?

Tomé un trago de cerveza y pasé los dedos de mi mano libre por la suya, que seguía rodeando mi hombro. Era ridículo lo natural que era esto, lo íntimo y totalmente sorprendente que era. Hacía mucho tiempo que no tenía este tipo de cercanía. Claro, había tenido rollos de una sola noche, algún que otro de dos noches, pero nada como esto. Nada como estar acurrucado en el sofá un domingo por la noche.

—Era sólo para conseguir una reacción de él, eso es todo —dijo Andrew—. No tiene importancia.

No tiene importancia.

Sólo que la tenía. Para mí, al menos. Y ahí estaba yo pensando que podría acostumbrarme a estar así con Andrew, antes de recordar que en realidad seguía enamorado de otra persona. Y eso me golpeó de vuelta a la realidad como un puto camión Mack.

La realidad era que, por muy bonito que fuera jugar a los novios de mentira, todavía tenía un trabajo que hacer. Por mucho que no quisiera hacerlo. Me estaba pagando para recuperar a su ex.

Maldita sea. Le solté la mano y me senté erguido y de cara a él.

—¿Puedo hablar con ella? —pregunté en voz baja.

Frunció el ceño.

—Spencer quiere hablar contigo —le dijo. Después de que su hermana dijera algo que no pude oír, me pasó el teléfono.

—Hola Sarah, soy Spencer —dije.

—Hola —dijo ella obviamente insegura—. Bonita foto.

—Oh, gracias.

—Él habla de ti —dijo ella.

Oh.

Recuerda tu trabajo, Spencer. Recuerda para qué pasa el tiempo contigo.

Me aclaré la garganta.

—¿Puedo pedirte un favor?

Se quedó callada, esperando que continuara.

—¿Puedes comentar en esa foto lo de quedar con nosotros el próximo sábado por la noche? —pregunté—. Di, "Nueve en punto en el Bar Jazz y Blues".

—Um, claro —dudó ella—. ¿Por qué?

—Así Eli lo ve. En realidad no tienes que reunirte con nosotros en el bar, si no quieres. Pero estaremos allí. —Miré a Andrew cuando dije—: Y puedo garantizar que Eli también estará.

Me sostuvo la mirada durante un rato antes de coger su cerveza y dar un largo trago.

—¿Spencer? —La voz de Sarah en mi oído me sobresaltó—. ¿Puedo preguntarte algo?

—Claro.

—¿Cómo ha estado Andrew?

—Bien —respondí—. Aunque no es como si yo realmente lo supiera, ¿verdad?

Hubo una larga pausa y luego dijo:

—Hmm, supongo.

—De todos modos —dije cambiando de tema por completo—, me está mirando raro. Aunque quería que te dijera que le encantaría cocinar la cena para ti mañana por la noche.

—No, eso no es cierto —gritó con un empujón a mi brazo.

Me reí y le pasé el teléfono, con el que rápidamente le dijo a su hermana que no le iba a cocinar nada. Luego gimió y puso los ojos en blanco.

—Bien. —Tras unos cuantos gruñidos más hacia ella, desconectó la llamada y volvió a empujarme el brazo—. Ahora tengo que prepararle una maldita cena.

Me eché a reír.

—De nada.

—Ella dijo que tienes que ayudarme.

—No lo dijo.

—Si lo dijo —repitió y luego acabó su cerveza—. Tienes que estar aquí a las seis.

Me quedé boquiabierto. En serio. Como un pez.

—¿Hablas en serio?

Asintió.

—Sí. No me gusta mucho la tardanza.

—No me gusta mucho la palabra tardanza, tengo que decir. Me gusta aún menos la cocina.

Resopló.

—Mi madre probablemente acaba de contactar con la NSA para ver dónde puede comprar un software de reconocimiento facial para intentar averiguar quién demonios está en esa foto conmigo, así que puedes aguantar cosas como la cocina y la palabra tardanza.

—Realmente eres mandón.

Una de sus cejas se movió de forma atrevida. Incluso un poco sugerente, en plan "¿quieres descubrir lo mandón que puedo ser?". Mi polla asintió con ganas. Y en esa nota, supe que tenía que irme o estaría haciendo algo de lo que me arrepentiría. Bueno, vale, no me arrepentiría. Disfrutaría cada segundo de hacer lo que quisiera con él, pero no sería un movimiento profesional muy inteligente. Me puse de pie.

—Bien entonces —dije—. Será mejor que me vaya. —Me esforcé por ignorar la necesidad de tocar mi polla medio dura, y no ayudó el hecho de que él me mirara la entrepierna.

Entonces su mirada recorrió mi cuerpo, como dedos calientes y burlones. Juraría que podía sentirlo. Cuando sus ojos se encontraron con los míos, eran oscuros y parecía que quería devorarme. No lo estaba imaginando. Reconocía la lujuria cuando la veía. Y estaba bastante seguro de que si no me daba la vuelta y me alejaba en ese mismo instante, se lo habría permitido. Tuve que decirle mentalmente a mis estúpidos pies que se movieran. Ninguna parte de mí quería hacerlo, pero comencé a moverme. De alguna manera llegué a su puerta principal.

—Deja que te llame un taxi. —No me di cuenta de que estaba justo detrás de mí.

Sobresaltado, abrí la puerta de un tirón.

—No, está bien. Iré en autobús. Se llega directamente al bulevar desde aquí.

—¿Estás seguro?

No. Pero si tuviera que esperar aunque fueran cinco minutos a que llegara un taxi, no lo necesitaríamos. Lo tomaría allí mismo, en el suelo del vestíbulo. Tragué con fuerza.

—Sí, estoy seguro.

Ignorando lo cerca que estaba, lo bien que olía, cómo mi cuerpo anhelaba simplemente tocarlo, me fui.

Ni siquiera el olor a chamusquina del autobús o los bichos raros que había en él fueron un jarro de agua fría metafórico para lo excitado que estaba. Las luces de la tienda de tatuajes seguían encendidas, pero ignorándolas también, me dirigí directamente a la parte trasera y al piso superior.

Tiré la cartera y las llaves sobre la mesa y dejé escapar un gemido vergonzoso cuando me toqué la polla. Estaba completamente empalmado, con la polla presionada contra mi cadera, encerrada en mis vaqueros. Me quité los zapatos y me desabroché la bragueta mientras entraba en el cuarto de baño, me bajé los vaqueros y los calzoncillos y liberé mi polla. Envolví mi mano alrededor del eje y me di unas largas caricias.

Jesús, se sentía tan bien.

Me quité mi camisa (su camisa, lo que sea) por el dobladillo, llevándome el chaleco con ella. No pude quitarme los vaqueros lo suficientemente rápido y me deshice de los calcetines mientras tiraba de mis pantalones. Abrí el grifo de la ducha, agradeciendo a los dioses del agua caliente que no tuviera que esperar mucho. Realmente era mucho menos molesto masturbarse en la ducha.

Apoyé el antebrazo izquierdo en las baldosas y apoyé la frente en el brazo. Había estado tan excitado la mayor parte del día, que esto no iba a durar nada. Sólo podía pensar en Andrew. Esa mirada en sus ojos cuando vio el bulto en mis vaqueros... Dios, podía imaginar esos ojos mirándome mientras mi polla estaba en su garganta.

Joder.

Apostaría cualquier cantidad de dinero a que no había pasado ni un minuto antes de que tuviera la mano alrededor de su propia polla. Me pregunté cómo se daba placer a sí mismo, cómo le gustaba. Me lo imaginé con la cabeza echada hacia atrás mientras se corría. Me imaginé los sonidos que haría, me imaginé cómo se sentiría cuando se corriera en mi garganta o en mi culo.

Y me corrí.

Ni siquiera me importó lo rápido que fue. Tampoco me

importó la segunda vez, cuando estaba en la cama y me masturbaba con fantasías en las que me lo follaba.

Lo que sí me importaba era el aleteo de esperanza en mi pecho. Intenté apagarlo con la realidad, pero seguía revoloteando cuando me dormí.

—¿Y viste al ex? —preguntó Lola. Era la hora de comer del lunes y, como siempre, estábamos en la tienda de tatuajes de Emilio.

—Sí.

—¿Inició el contacto?

—No. Todavía no. Aunque definitivamente conseguimos su atención.

—¿Cuándo es el próximo punto de contacto?

—Voy a cenar en su casa esta noche.

—¿Con Andrew?

—Bueno, no con Eli, eso es seguro.

—¿No vais a salir? —preguntó—. ¿A algún lugar elegante? Parece un tipo elegante.

—Bueno, no. Quiero decir que sí, pero sólo es una cena. Tengo que ayudarle a cocinar —admití—. Su hermana lo atrapó, así que a menos que traiga a Eli con ella, no hay posibilidad de que nos vea. —Lola me miraba divertida. En realidad, también lo hacía Daniela. Incluso Emilio sonreía para sí mismo—. ¿Qué?

—Eso no suena como un trabajo, Spence —dijo Lola—. Eso suena como una cita.

Me burlé.

—¡Es un cliente!

—¿Alguna vez has cenado en casa de algún otro cliente, un lunes por la noche?

—Bueno, no —respondí—. Pero esto es diferente. No sé.

De todos modos, no importa. Hemos fijado el punto de encuentro con el ex para el fin de semana. A estas alturas de la semana que viene, todo habrá terminado.

Lola no me estaba mirando exactamente. Me *estudiaba*. Por qué, no podía ni adivinar.

—¿Y cómo crees que irá?

Me encogí de hombros.

—No lo sé. Hay algo en el novio que no encaja. No puedo decir nada, no tengo ni idea, para ser sincero. Parece un chico decente, pero creo que Andrew está mejor sin él.

—Ajá —dijo Lola con una inclinación de cabeza condescendiente.

Sabía lo que estaba insinuando. Hice una nota mental para trabajar en mi cara de póker, y en lugar de tratar de negarlo, le mostré el dedo corazón.

—Cállate.

Se rio y dio un sorbo a su café.

—De todos modos, para lo que iba a llamarte, pero decidí que podías invitarme a un café, es que necesito ayuda mañana y el miércoles. Tengo una sesión de fotos de dos días.

Lola a menudo maquillaba para sesiones de fotos y necesitaba que la ayudara a llevar todas sus cosas.

—Claro. Siempre y cuando dejes de insinuar algo sobre mí y Andrew.

Ella sonrió.

—No puedo prometer eso.

Puse los ojos en blanco.

—¿A qué hora?

—Te recogeré a las siete.

ME DETUVE en el escalón delantero de Andrew justo a las seis. Llamé y esperé, pero no hubo respuesta. Mi teléfono vibró y era un mensaje suyo.

Llego tarde. Serán cinco minutos. Lo siento.

Le contesté:

La tardanza es tan impropia de ti. Pensé que no te gustaba mucho.

Ni diez segundos después sonó mi teléfono. Era Andrew.

—Estoy conduciendo y no debería haberte enviado un mensaje. Debería haber llamado primero. ¿Estás enfadado? Dije que lo sentía.

Parecía realmente preocupado.

—¿Qué? No. Sólo estaba bromeando.

—Ah.

—No estarás conduciendo mientras hablas por teléfono, ¿verdad? —pregunté—. Eso es tan peligroso como enviar mensajes de texto.

—Te tengo en el Bluetooth.

—Ah. ¿Hay alguien más en el coche contigo?

—No, ¿por qué?

—Es una pena, en realidad. Sólo iba a decir algo sexualmente inapropiado para avergonzarte, eso es todo.

Me sorprendió riéndose.

—Siento decepcionarte.

—Sobreviviré. —Tomé aire y me di cuenta de que estaba sonriendo—. Creo que tu vecina piensa que soy un trepa.

—¿Por qué?

—Casi me mata con la mirada cuando llegó a la puerta. Cerró la puerta tras ella muy rápidamente como si yo fuera a intentar entrar. Le sonreí y le dije que estaba esperándote, pero ella muy alegremente me dijo que tenía algo para golpearme en su bolso.

—Jesús.

Me reí.

—Temí tener que mostrar mis dotes de kung fu.

—¿Sabes kung fu?

—No. Por eso tenía miedo.

Se rio de eso.

—Parece como si hablaras de Constance. Vive justo encima de mí. Puedo hablar con ella.

—No, está bien. Es una chica soltera que vive en Los Ángeles. *Debería* sospechar de los hombres extraños que rondan la entrada común de su apartamento, lista para infligir un dolor insoportable a la primera señal de amenaza.

Soltó una carcajada.

—¿No le has encantado?

—Lo he intentado. Mi sonrisa elegante y mi acento australiano sólo deben funcionar con los chicos.

—Tal vez sea la barba.

Jadeé, fingiendo una completa ofensa.

—¡Qué horror! Me encanta mi barba —dije mientras me frotaba automáticamente los pelos.

—Te queda bien.

—¿Sabes cuánto tiempo se tarda en llevarla bien? —pregunté—. Hay una pequeña ventana de oportunidad para la perfección. Tres días, como máximo. La línea que separa el demasiado corto del demasiado largo es muy fina, amigo mío. Te lo digo. No sabes lo fácil que lo tienes al estar bien afeitado. Aunque no creo que una barba te siente bien. Quizá algo de barba los fines de semana.

—¿Sólo los fines de semana?

—Sí, me imaginé que no querrías tener vello facial en el trabajo —le dije—. Pero estoy totalmente de acuerdo con la barba los fines de semana.

—¿Es eso cierto? —preguntó. Estaba bastante seguro de que estaba sonriendo. ¿Sonaba como si hubiera dejado de conducir? ¿Era la puerta de un coche?

—Oye, ¿has parado en algún sitio?

—Tal vez.

—¿Tal vez? O lo hiciste o no lo hiciste. Déjame adivinar, estás en la tienda comprando algo elegante que no voy a poder cocinar, y tu hermana se va a poner en plan Gordon Ramsey.

Se quedó callado al otro lado del teléfono y, al darme la vuelta, vi que estaba de pie en la acera, observándome. Tenía el teléfono pegado a la oreja, una estúpida sonrisa en la cara y una bolsa de comida para llevar en la mano.

Todavía hablando por teléfono, aunque él podía oírme perfectamente, le dije:

—Me has engañado completamente.

Cortó la llamada.

—Lo hice —dijo acercándose a mí. Me entregó la bolsa de comida para llevar, que aún estaba caliente, y puso su llave en la puerta—. Yo no cocino.

—¿Nada de nada?

—Si puedo evitarlo.

—Me parece bien —dije siguiéndole dentro. Tenía buen aspecto, en realidad estupendo. Llevaba unos pantalones grises, una camisa azul claro abotonada, con las mangas remangadas hasta los codos, y un chaleco de punto negro liso. Me quedé mirando su culo.

Nunca me dijo nada al respecto, pero sonrió cuando cogió la bolsa.

—¿Te gusta la comida italiana?

—Me encanta.

Cargó la comida para llevar en el horno y la puso a calentar, luego fue a buscar platos y demás utensilios de los armarios.

—Iba a pedir comida vietnamita —dijo—. Hay un pequeño y estupendo restaurante no muy lejos de aquí que hace un increíble plato de pollo y mango, entre muchos otros. De todos modos, llamé con antelación y les dije que necesitaría una lista de ingredientes para poder pedir y les expliqué la alergia al marisco. Ella seguía intentando decirme que me refería al menú, y yo tenía que seguir diciendo "no, lista de ingredientes completa, incluyendo los ingredientes de cualquier salsa". En fin, después de veinte minutos de esta charla, se negó. Empezó a gritarme en vietnamita. Así que le dije que no me importaba lo bueno que fuera su *Goi Ga*, que se lo podía comer ella.

No podía creerlo.

—¡No lo hiciste!

—Lo hice —respondió. Luego dejó lo que estaba haciendo y me miró fijamente—. ¿Por qué? ¿No debería haberlo hecho?

Dejé escapar una carcajada.

—No, por mí está bien. Es sólo que, bueno, nadie ha hecho eso por mí antes.

—¿Cómo no iban a hacerlo? —preguntó. Aparentemente era una pregunta retórica porque no me dio tiempo a responder—. Preferiría que no cayeras muerto de anafilaxia en el suelo de mi salón, gracias.

Me reí ante eso.

—Sí, yo también preferiría no hacerlo.

Me entregó un montón de manteles individuales y señaló con la mano los platos y los utensilios para servir, como si los hubiera ganado en un concurso.

—El concursante afortunado de esta noche podrá poner la mesa mientras yo subo a cambiarme.

Todavía me reía para mis adentros cuando volvió a entrar en la habitación. Llevaba unos vaqueros y una camiseta. Era lo más informal que le había visto nunca, y aun así se las arreglaba para estar guapo. Me gustaban sus jerséis de estilo friki, pero ocultaban su cuerpo. Y en serio, tenía un cuerpo perfecto.

—¿Voy bien? —se miró a sí mismo—. Sólo pensé...

Y ahí estaba de nuevo con la duda sobre sí mismo.

—Te ves muy bien. Sólo estaba admirando la vista, eso es todo.

Negó con la cabeza, como si la idea fuera ridícula. Ignorándome por completo, fue a la cocina y volvió a salir con una botella de vino y tres copas.

—¿Bebes merlot?

—Claro —respondí cogiendo las copas que llevaba y poniéndolas sobre la mesa—. ¿A qué hora llegará Sarah?

En ese momento, llamaron a la puerta.

Andrew se encogió de hombros.

—Oh, en cualquier momento.

Me reí y seguí sonriendo cuando Andrew abrió la puerta. Cuando ambos volvieron a entrar, me sorprendió lo mucho que se parecían. Definitivamente, había una conversación silenciosa y de miradas entre ellos. Era como si ella insinuara algo y él le dijera que se callara.

—Spencer —me saludó cordialmente—. Me alegro de verte de nuevo.

—Igualmente —respondí. Y, por alguna razón desconocida, estaba nervioso. Normalmente tenía la habilidad de trabajar en cualquier habitación, independientemente de mi nivel de comodidad. Pero esto era diferente, y las palabras de Lola de "me parece más bien una cita" me vinieron a la cabeza. Me pasé las manos por los muslos y luché por encontrar qué decir a continuación.

Afortunadamente Andrew habló primero.

—Así que, Spencer estaba tratando de convencerme de que te dijera que él cocinó la cena y que no conseguí comida para llevar.

Me quedé con la boca abierta.

—¡No lo hice! —Andrew se rio mientras pasaba junto a

mí y entraba en la cocina. Le empujé el hombro—. Embustero.

Sarah se rio y dijo:

—No te preocupes, Spencer, sé que todo lo que sale de esta cocina no es casero.

—Entonces, ¿es un notorio no cocinero?

—Oh, sí —dijo ella asintiendo—. No es que no quiera cocinar. Es que no sabe cocinar. Estoy bastante segura de que podría quemar agua.

—Puedo oíros, ¿sabéis? —gritó—. Ahora, venid aquí y ayudadme.

—¿Siempre es tan mandón? —le pregunté a Sarah.

Puso los ojos en blanco.

—Siempre.

—Os sigo oyendo —dijo, y yo sonreí al entrar en la cocina. Había sacado los platos del horno y los había puesto en la encimera. Me lanzó un paño de cocina—. Están calientes, así que ten cuidado.

Solté una carcajada.

—¿Así es como se le pide a alguien que lleve la comida a la mesa?

—Bueno, es lo menos que puedes hacer, teniendo en cuenta la cantidad de horas que he trabajado como un esclavo para tener todo listo —dijo sin perder el ritmo.

Me reí mientras llevaba los recipientes de comida a la mesa. Sarah nos miraba con el mismo mohín de labios torcidos que ponía Lola cuando intentaba no sonreír, y luego ellos volvían a tener esa conversación de ojos silenciosa, que yo fingía no notar.

Y así fue más o menos la cena. Una conversación cómoda, divertida e interminable. Me gustaba Sarah. Era inteligente y culta, como su hermano. Hablaban de todo, desde temas de interés mundial hasta reality shows. Y algo que me pareció realmente peculiar fue que ni una sola vez salió el nombre de Eli.

No sé por qué, pero esperaba que él fuera una parte importante de nuestro tema de conversación. Después de todo, era la razón por la que los tres estábamos juntos. Pero no. Ni una sola vez. No es que me importara. Prefería no hablar de él en absoluto. Me costaba bastante preguntarme cuándo le extrañaba más Andrew... ¿Se acostaba en la cama y deseaba que estuviera allí? ¿Extrañaba el sonido de él bajando las escaleras por la mañana? ¿Extrañaba rodearlo con sus brazos? ¿Lo echaba de menos? Porque cuanto más conocía a Andrew, más me preguntaba dónde encajaba Eli.

Normalmente, cuando aceptaba un trabajo, había un hueco en la vida de mis clientes donde solían estar sus parejas, ese vacío que intentaban llenar. Pero Andrew parecía tan completo. Era un hombre desconcertante, eso era seguro.

—¿Spencer?

Mierda. Andrew debía haberme preguntado algo.

—¿Eh? Lo siento, estaba a un millón de kilómetros de distancia.

Andrew me miró extrañamente.

—Sarah quería saber sobre el tocadiscos. Le dije que le preguntara al chico que me lo compró.

Ah.

—Oh, claro. ¿Quieres que ponga un disco? —pregunté. Contento por la distracción, me levanté y puse el disco en el tocadiscos y bajé el brazo con la aguja, y pronto Jeff Buckley estaba cantando para los tres. Volví a sentarme y tomé un sorbo de mi vino, sin tener idea de la conversación que me había perdido.

Sarah inclinó la cabeza, escuchando la música.

—Es precioso.

Andrew dejó su copa en la mesa y se excusó, supuse,

para ir al baño. Dirigió una mirada de complicidad a su hermana y luego nos quedamos solos Sarah y yo. Sabía que iba a hacerme preguntas y no tuve que esperar mucho.

—Bueno —comenzó—. Tengo que decir que me sorprende que le hayas comprado un tocadiscos.

No lo hizo como una pregunta, pero lo era totalmente. Lo que realmente estaba preguntando era *¿Por qué le compraste un tocadiscos? ¿Les compras a todos tus clientes tocadiscos?* Le sonreí y bebí un sorbo de vino.

—Me sorprendió que no tuviera uno.

—Has estado pasando un poco de tiempo con él —dijo ella, preguntando totalmente de una manera que no era una pregunta.

—Sí. Es un buen tipo.

—¿Sólo un buen tipo?

Me aclaré la garganta y dirigí la conversación.

—¿Háblame de Eli?

Se reclinó en su asiento y tomó su copa de vino de la mesa.

—Eli es un... buen tipo.

—¿Pero?

—Pero no era el adecuado para él. —Frunció el ceño ante sus propias palabras—. No lo sé. Simplemente no parecían encajar. Era tan extraño. No tenían nada en común, y cuando Andrew me dijo que estaban hablando de casarse — se inclinó y susurró—: casi me muero.

—¿De quién fue la idea de contratarme?

—Mía —dijo ella—. Sólo quiero que sea feliz. Y si Eli lo hace feliz, entonces eso es lo que quiero.

—¿Eli lo hacía feliz?

Antes de que pudiera responder, Andrew volvió. Miró entre nosotros con recelo, sabiendo perfectamente que era el tema de nuestra conversación.

—¿Todo bien?

—Sí —respondió Sarah—. Spencer y yo estábamos discutiendo sobre quién iba a recoger. Él perdió, así que tiene que hacerlo.

Una carcajada se me escapó.

—Completamente mentira, pero recogeré. —Puse las bandejas vacías de comida para llevar una encima de otra y empecé a apilar platos—. Os imagino de niños.

Andrew me quitó el plato.

—No tienes que recoger nada —dijo—. Y nuestra infancia fue bastante normal. Bueno, después de que Sarah se diera cuenta de que nunca ganaría una discusión conmigo, nos llevábamos bien.

—Háblanos de tu infancia —preguntó Sarah—. ¿Cómo fue la vida al crecer en Australia?

Se oyó un golpe sordo, y estuve bastante seguro de que fue Andrew quien dio una patada a su hermana por debajo de la mesa. Era cauteloso a la hora de hacer preguntas a mi familia, sin duda leyendo el veto que le puse el otro día.

—Mi infancia fue buena —dije mirándola. Estoy bastante seguro de que escuchó que los años de adolescencia no fueron tan buenos—. Tuve una infancia bastante buena en realidad. Crecí en Sidney, e íbamos en bicicleta a los campos de fútbol, a la tienda de la esquina, ese tipo de cosas.

Sarah cambió de tema de forma muy astuta y algo obvia.

—¿Y te preguntan por tu acento todo el tiempo?

Asentí.

—Todo el tiempo. Y puedo decir que pedirme que diga "arroja un camarón a la barbacoa" no favorece la conservación de los dientes.

Ambos se rieron.

—¿La gente te ha pedido que digas eso? —preguntó Andrew.

—Te sorprendería. Aunque mis amigos ya están acostumbrados, pero al principio se partían de risa con algunas de las cosas que decía.

Andrew sonreía.

—¿Cómo?

Así que les conté historias divertidas, utilizando palabras como *servo* y *arvo*, *sunnies* y *chooks*, y las diferencias entre compañero y compañeeeero. Y todo el tiempo Sarah estuvo observándonos.

Bueno, sobre todo miraba a Andrew. Y no mucho después, miró su reloj y se levantó.

—No sabía que era tan tarde —dijo.

—Ni siquiera son las nueve —replicó Andrew.

—Sí, bueno —dijo ella cogiendo su abrigo y su bolso—. Será mejor que me vaya. Os dejo para que recojáis.

—Sí, gracias —murmuró Andrew. Arrojando su servilleta sobre la mesa, se puso de pie, al igual que yo.

Ella besó la mejilla de su hermano.

—Te llamaré mañana. —Luego me miró—. La respuesta a tu pregunta es no. Eso creía, pero no. Spencer, ha sido un placer volver a verte. —Y con una sonrisa, se fue.

Eh. Qué raro.

—¿Qué ha querido decir? —preguntó Andrew, mirando fijamente la puerta por la que acababa de salir Sarah—. ¿A qué pregunta respondió?

—Um. —Volví a sentarme y traté de recordar lo que le había preguntado—. No me acuerdo.

Estábamos hablando de Eli... Oh. Es cierto. *¿Eli lo hacía feliz?*

Su respuesta: Eso creía, pero no.

—Um, era sobre el tocadiscos —mentí—. Le pregunté si quería que le comprara uno.

Por la forma en que Andrew me miró, supe que sabía que estaba mintiendo. Dios, estaba luchando por mantener la fachada con él. Normalmente, las falsedades se me escapan de la lengua. Me había pasado la mayor parte de mi adolescencia mintiendo sobre quién era, y ahora, como falso novio, era lo que hacía para ganarme la vida.

—No sabes mentir para nada —dijo recogiendo la pila de platos.

—Chis —solté justo cuando Jeff Buckley empezó a cantar "Hallelujah". Inspiré profundamente, como si pudiera inhalar la música—. Es mi canción favorita.

Me hizo una mueca, aunque no llegó a sacarme la lengua y nos pusimos a recoger los platos sucios. Le ayudé a meterlos en el lavavajillas y acabamos de recoger, y en poco tiempo todo volvió a estar perfecto.

—¿A qué hora empiezas mañana con Lola? —me preguntó cuándo terminamos en la cocina. Le había contado que a veces la ayudaba cuando me necesitaba, sobre todo llevando sus cajas y bolsas, o simplemente siendo un par de manos extra. Nunca fue un trabajo estrictamente emocionante, pero me encantaba pasar tiempo con Lola.

—Siete, así que probablemente debería irme pronto. —Realmente no quería irme pero no podía pensar en ninguna razón para quedarme. Bueno, ninguna razón para que él quisiera que me quedara. Saqué el disco del tocadiscos y lo volví a meter en su funda. Entonces me di cuenta de que su piano estaba ahí, descuidado y sin tocar, y me apetecía mucho escuchar lo que podía hacer—. ¿Podrías tocarme algo en tu piano?

Sus ojos se dirigieron a los míos, muy abiertos y sorprendidos, como si acabara de pedirle que tuviera sexo conmigo.

—Um...

—No tienes que hacerlo —dije ofreciéndole una salida.

—¿Estás seguro?

Me burlé.

—Por supuesto que estoy seguro. —En realidad, no

había muchas más cosas de las que estuviera seguro. Pero escucharlo tocar el piano era un sí definitivo.

—¿Qué quieres que toque?

—Lo primero que se te ocurra.

Parpadeó un par de veces, todavía tan inseguro, y se acercó al piano. Se sentó lentamente y puso los dedos sobre las teclas. Y sin decir nada más, respiró profundamente y empezó a tocar.

Una canción muy dulce, con una paciencia y una delicadeza perfecta. Nunca había escuchado nada parecido.

No sabía cómo se llamaba la canción, quién la escribió, la compuso, nada. Pero me robó el aliento. No era sólo la música. Era el hombre que hacía cantar a los ángeles desde su piano. Me robó el aliento, cómo se movían sus manos, cómo cerraba los ojos y se perdía en la música, cómo forzaba los sonidos del piano con todo su cuerpo. Y cuando sus manos cayeron sobre su regazo y la última nota quedó suspendida en el aire, no pude encontrar las palabras.

Andrew me miró, antes de volver a mirar el piano y soltar una exhalación de alivio.

Me tragué las emociones, las mariposas que pululaban por mi pecho. Esperaba que le respondiera, así que le dije la pura verdad. Lo mejor que pude sacar fue un susurro.

—Nunca he visto nada tan hermoso.

Me dedicó una sonrisa tímida y avergonzada.

—¿No querrías decir que has *oído*?

—¿No es eso lo que he dicho? —pregunté confundido. Mi corazón aún latía con fuerza, un metrónomo errático. *Estaba seguro de haber dicho "oído".*

Andrew negó con la cabeza y sonrió a sus manos.

—¿Mejor que "Hallelujah" de Jeff Buckley?

Me reí de mi vergüenza por mi propia reacción ante él.

—Andrew, esa pieza fue increíble. ¿Qué canción era?

—Sólo algo que escribí.

Me burlé.

—¿Me estás tomando el pelo? ¿Tú escribiste eso?

Asintió.

—Sólo algo que escribí. —Imité su voz—. No, una lista de la compra es sólo algo que escribes, esto... *esto*... —Hice un gesto con la mano hacia su piano—, fue, Dios mío, Andrew, eso fue tan... increíble. —No había otra palabra para describirlo.

La sonrisa que me dedicó fue de puro alivio y quizá una pizca de orgullo.

—Gracias.

Tuve que evitar acercarme y tocarlo. Evitar poner mis manos en su cara y besarlo. Evitar tomar su mano y llevarlo a la cama. Quería hacerlo. Joder, cómo lo deseaba.

Y entonces supe que me había metido en un lío.

En algún lugar, de alguna manera, me había permitido cruzar la línea. Y no sólo la había sobrepasado. Oh, no. Había cruzado la línea como Usain Bolt. Y en lugar de ponerle fin, en lugar de dar un paso atrás y hacer mi verdadero trabajo, mi estúpido corazón fue y habló antes que mi estúpido cerebro.

—Tócala de nuevo.

CAPÍTULO SIETE

LOLA SE DETUVO FRENTE a la tienda y yo me subí al lado del pasajero antes de que el coche que venía detrás pudiera tocar la bocina. Condujo su pequeño Honda de los ochenta -llamado acertadamente Cindy Crawford, por la modelo de los años ochenta favorita de Lola- como un demonio a través del tráfico matutino. Y, a su favor, llegó a dos manzanas enteras antes de empezar con las preguntas.

—¿Qué tal la cena?

—Bien.

Ella miró de la carretera a mí.

—¿Sólo bien?

Intenté no sonreír y fracasé.

—De acuerdo, entonces fue mejor que bien. Lola, anoche tocó su piano para mí.

—¿Es un eufemismo de algo sucio?

Me reí de eso.

—No. Él realmente tocó su piano. Fue increíble.

—¿Sarah todavía estaba allí?

—No. Sólo yo.

—¿Ah, sí?

—Cállate. No fue así. Le pedí que tocara algo, y lo hizo. Quiero decir, tiene un piano de cola en su sala de estar, por el amor de Dios. No es que le haya comprado un piano para que tocara.

—¿Como si le hubieras comprado un tocadiscos?

Le dirigí la mejor mirada de cállate que pude.

—Eso fue diferente.

—Ajá —hizo ese ruido de asentimiento que para nada era estar de acuerdo realmente.

—Todo el mundo debería tener un tocadiscos y al menos un disco de Jeff Buckley —dije—. Estoy seguro de que es una regla escrita en alguna parte.

Ella se rio.

—¿Qué te ha tocado?

—Dijo que era algo que escribió. Ya sabes, como nosotros escribimos un mensaje telefónico, él escribe música.

—¿Hay algo que no pueda hacer?

—Cocinar, aparentemente. Es una mierda.

Lola se rio.

—Oh, bien. Por un segundo pensé que era totalmente perfecto.

Puse los ojos en blanco.

—Sin embargo, pide buena comida. Trajo un montón de pastas y algún plato de ternera.

Me miró un par de veces, como si estuviera tratando de averiguar cómo expresar algo, y normalmente le diría que lo dijera de una vez. Pero estaba bastante seguro de que no quería oír lo que fuera que iba a decir si tenía que ver con Andrew, así que cambié de tema.

—Entonces, ¿a dónde vamos?

—Al centro —dijo—. Es un rodaje en el metro.

—Genial.

Y no volvió a mencionar a Andrew durante el resto del día. Es cierto que ella estaba ocupada transformando a personas hermosas en personas extraordinariamente hermosas, y yo estaba ocupado haciendo lo que ella me pedía. Pero nuestro tema de conversación giraba en torno a otras cosas, y eso me parecía bien. Eso fue hasta que finalmente nos subimos en Cindy Crawford y nos dirigimos a casa, y comprobé mi teléfono. Conducía como una loca ciega, así que a veces era mejor no levantar la vista de todos modos.

—¿Buscando mensajes de alguien en particular? —preguntó.

—Le envié un mensaje antes —respondí—. Sólo para ver si me contestaba. —Lo cual no había hecho.

—¿Preparando otra cita para cenar?

—No es así.

—Ajá. —De nuevo con el sonido sarcástico del tipo-no.

—Le pregunté si Eli había contactado con él —admití—. Subimos una foto a su Facebook, y su hermana comentó con una hora y un lugar en el que quedaríamos este sábado. Me preguntaba si Eli había mordido el anzuelo, eso es todo.

—Está bien, Spence —dijo ella—. No necesitas justificar nada ante mí.

—Lo sé. No me estoy justificando —dije. Pero lo estaba, y ambos lo sabíamos. Quería decirle que estaba luchando con este trabajo. Quería decirle que era increíble y aterrador y horrible y maravilloso. Pero no lo hice. La fría realidad era que mi trabajo con Andrew terminaría en cinco días. El domingo por la mañana, sabríamos si Eli lo quería de vuelta. Había que decir, que el tipo tendría que estar loco si no quería—. ¿Puedes vigilar el camino y no a mí? No tengo ganas de morir hoy.

Lola me frunció el ceño cuando mi teléfono vibró. Era Andrew, y la forma en que mi corazón tropezó con sus propios y estúpidos latidos fue ridícula.

Lo siento, he tenido un día muy ocupado. Acabo de

terminar el trabajo y he visto tu mensaje ahora. También tenía un mensaje de Eli. ¿Qué debo hacer?

Y esa estúpida sensación de que el corazón se me iba de las manos se convirtió en algo mucho más parecido a un hundimiento que a una escapada. Dios, fui tan estúpido.

¿Qué te dijo?

Quería saludar. Ver cómo estaba. Vio la foto, quería saber si era de verdad.

—¿Qué pasa? —preguntó Lola. Miró desde el tráfico hacia mí, con los ojos marcados por la preocupación.

—Nada —mentí—. Es Andrew. Dice que Eli se puso en contacto. Vio la foto.

—¿Está bien? —preguntó lentamente, claramente insegura.

Asentí.

—Sí. Es lo que Andrew quiere.

Lola había pasado de la inseguridad a la preocupación.

—¿Spencer?

—No, está bien. Es exactamente por lo que sugerí hacer las fotos y ponerlas en su Facebook —respondí, mirando mi teléfono. Luego respondí al mensaje de Andrew, diciéndole que hiciera lo que más temía.

Respóndele con un mensaje. Dile que no estás seguro de cómo están las cosas conmigo. Dile que depende del tiempo y el espacio que él necesite. Eso debería ser suficiente para que te dé una respuesta.

Respirando profundamente, apagué el teléfono. Cuando levanté la vista, me di cuenta de que habíamos parado enfrente de la tienda de tatuajes. Mierda. Me desabroché rápidamente el cinturón de seguridad y abrí la puerta.

—Spencer —empezó a decir Lola.

Me bajé y me incliné para hablar a través de la puerta.

—Nos vemos mañana a las siete. Traeré café —dije

antes de cerrar la puerta y despedirme golpeando el techo de Cindy Crawford.

El coche que iba detrás de ella tocó el claxon y Lola le hizo un gesto antes de arrancar a velocidad de vértigo y circular hacia el tráfico. Me reí y me arriesgué a cruzar la calle en plena hora punta.

VOLVÍ A SUBIR a Cindy Crawford justo a las siete de la mañana del miércoles. Tenía una bandeja para llevar con un café para Lola y un té para mí. Esperé a que estuviéramos circulando entre el tráfico y me sintiera lo suficientemente seguro antes de entregárselo.

—Anoche no respondiste a mis mensajes —dijo.

—Lo siento —murmuré—. Tenía el teléfono apagado.

—Spencer, ¿podemos hablar de ello?

Negué con la cabeza.

—Estoy bien. Por favor, presta atención a la carretera.

—No cambies de tema. No puedes evitar una mierda como esta para siempre.

—Sí, puedo. Lo he hecho durante años. Funciona muy bien.

—Se te permite sentir cosas, Spencer.

—Ya lo sé.

—¿De verdad?

—Creía que no íbamos a hablar de ello —dije mirando por la ventana.

—Una pregunta más, y luego té dejaré en paz. —Iba a preguntarlo tanto si quería como si no, así que no tenía sentido discutir—. ¿Respondió Andrew?

—No lo sé. Apagué mi teléfono.

—¿Ni si quiera lo has mirado?

Sin dejar de mirar por la ventana, negué con la cabeza.

No dijo nada más, pero el suspiro que soltó bien podría haber sido un "Oh, Spencer".

La ayudé a llevar todas sus cajas y a tirar de bolsas de maquillaje con ruedas por las calles de la ciudad hasta que llegamos a la sesión de fotos. Lola y otros maquilladores se pusieron a trabajar con los modelos y yo me aparté. Normalmente, cuando ayudaba en estas cosas, conseguía un número de teléfono y una aventura de una noche. Pero estos chicos tan guapos no me interesaban hoy, y a las diez de la mañana mi teléfono empezaba a hacer un agujero en mi bolsillo.

Bueno, preguntarse si Andrew respondió había comenzado a quemar un agujero en mi cerebro. En realidad, era lo mismo.

Así que caminé un poco por la calle y encendí mi teléfono. Tenía un montón de llamadas perdidas y mensajes de texto. Primero miré los mensajes de texto. Sin leerlos, pude ver dos de Lola, sin duda diciendo *Contesta tu maldito teléfono*, dos de Andrew, y uno de un número que no reconocí.

Primero abrí el mensaje del número desconocido. Era un posible nuevo cliente llamado Lance, que había conseguido mi número a través de mi antiguo cliente Gerrard, el gilipollas súper rico, preguntándome si estaba disponible para reunirme con él. Suspiré. La idea de quedar con otro tipo para volver a pasar por la fase de conocerse me parecía una tortura. Consideré la posibilidad de borrar el mensaje, pero no lo hice. No era que necesitara el dinero, pero normalmente me gustaba mucho mi trabajo. Supuse que volvería a la normalidad la semana siguiente, así que me resigné a llamar a Lance más tarde.

Quedaban los mensajes de Andrew. El primero fue enviado poco después de que le contestara diciéndole que respondiera a Eli.

Bien. Mensaje enviado. Era todo lo que decía.

Luego, una hora después, hubo otro.

Me llamó. Quería saber qué iba a hacer el sábado por la noche. Le dije que tenía planes, que admitió haber visto en Facebook. Entonces sugirió el viernes por la noche. Le dije que le avisaría. ¿Qué hago ahora?

Oh, joder.

Inspiré profundamente y lo solté lentamente. Luego otra vez. No sabía si le había vuelto a llamar, si había quedado con él. Dios, podía haber acabado llamando de nuevo y, por lo que yo sabía, se habían reconciliado y habían pasado la noche en la cama.

Me sentí mal.

Me quedé mirando la pantalla de mi teléfono y luego la miré un poco más.

Y con una sensación de temor, escuché los mensajes de voz. Había dos de Lola, que decían exactamente lo que yo pensaba. El segundo no era tan agradable como el primero, y sabía que tendría que disculparme con ella. Los tres restantes eran de Andrew. El primero era bastante alegre.

—Hola, soy yo. Um, Andrew. Andrew Landon. —Sonreí ante eso—. Eli me llamó. ¿Puedes devolverme la llamada? Gracias.

El segundo mensaje de voz llegó cuarenta minutos después del primero, y sonaba un poco ansioso. —Yo... soy Andrew otra vez. No estoy seguro de que hayas recibido mi último mensaje. Le dije a Eli que le avisaría sobre el viernes, pero quería hablar contigo primero. No estoy seguro de lo que quieres que haga.

El tercer mensaje de voz fue dos horas después. Su voz era tranquila.

—Soy Andrew. Um... Llámame.

El sonido de su duda se expandió como un globo de plomo en mi pecho. Odiaba haberle hecho dudar de sí mismo. De todas las personas que deberían estar seguras de sí mismas. Dios, tenía éxito, talento y era muy sexi. Pero también era honesto y divertido, y por alguna razón no se veía a sí mismo como debería.

Suponía que el hecho de que Eli lo dejara habría afectado mucho a su confianza, pero era como si hubiera estado abatido o le hubieran dicho constantemente que no era lo suficientemente bueno, y pensar que yo había echado más leña al fuego de su inseguridad casi me mataba.

Pulsé su número y me puse el teléfono en la oreja. Dado que era media mañana y él estaría en el trabajo, esperaba que saltara el buzón de voz, pero aun así, me decepcionó cuando saltó el buzón.

—Hola, soy yo, Spencer. Siento mucho haber perdido tus llamadas y mensajes. No me sentía bien —mentí—, y tenía el teléfono apagado. Debería haber respondido de todos modos, y siento no haberlo hecho. —No tenía ni idea de cuánto lo sentía—. Me preguntaba si habías vuelto a llamar a Eli. ¿Vas a salir con él el viernes? —Me aclaré la garganta—. Llámame cuando puedas. Y de nuevo, Andrew, siento haberte decepcionado.

Corté la llamada y exhalé con las mejillas hinchadas. Dios, esto era tan jodido. Esta sensación... esta horrible sensación era un pesado y doloroso recordatorio de por qué levantaba muros y mantenía la distancia.

También fue un duro recordatorio de que se trataba de una transacción profesional. Me pagaba para obtener resultados y le había fallado. Debería haber atendido sus llamadas, y debería haberle dicho, sin dudarlo, que saliera con Eli el viernes por la noche.

Diablos, tal vez volvieron a estar juntos anoche. Tal vez no tendríamos un resultado el sábado por la noche porque tal vez ya teníamos uno, y tal vez Andrew ya no era mi cliente. Tal vez tenía que ser un hombre y superarlo.

No sería la primera vez.

Así que, con esa mentalidad, abrí el mensaje de Lance, el posible nuevo cliente, y le di a responder.

Claro, ¿te viene bien este lunes?

Me dirigí de nuevo a la sesión de fotos, donde Lola estaba haciendo su magia con una chica demasiado cansada y mal alimentada. Cuando entré, uno de los modelos masculinos me saludó con la cabeza.

—Hola —dijo bruscamente. Me miró de arriba a abajo y me dedicó una sonrisa, que estoy seguro de que en cualquier otro día habría servido para conseguir un número de teléfono o una mamada. Pero hoy no.

—Hola —dije, sólo para ser educado, y seguí caminando. Lola no se lo perdió, por supuesto, y levantó una ceja hacia mí y un triste movimiento de cabeza. Ignorando lo que fuera que estaba insinuando, pregunté—: ¿Necesitas algo?

—No —dijo alegremente, añadiendo un poco de negro a los ojos de la modelo con perfección—. ¿Has llamado ya a Andrew?

Pensé en no contestar, pero recordé sus preocupados mensajes en mi teléfono.

—He dejado un mensaje.

—Bien —dijo con una sonrisa cariñosa. Como si fuera un gran hito personal. No sé, tal vez lo fuera.

Pasé el resto del día entre hacer todo lo que Lola me dijo que hiciera y revisar mi teléfono. No había respuesta de Andrew. No podía decir que lo culpaba, después de todo, lo había ignorado. Y para cuando cargué el último equipo de Lola en Cindy Crawford, ya me había convencido de que Andrew no podía responder porque había pasado el día en la cama con Eli.

La falta de respuestas y una imaginación vívida tendrían ese efecto.

—Te llamará —dijo Lola. Debió de leerme la mente

porque hacía horas que no lo mencionaba—. No me mires así. Está escrito en tu cara.

—Es una estupidez —admití finalmente—. ¿Lo conozco desde hace cuánto? Ni siquiera dos semanas.

—Pero te gusta. —No era una pregunta.

—Es un cliente —dije en voz baja—, que quiere que le ayude a volver con su ex.

—Bueno, el destino es una perra divertida —dijo Lola—. Ella tiene una manera de hacer las cosas bien. Mírame a mí y a Gabe.

Asentí. Eran perfectos el uno para el otro. La vida intentó separarlos, pero resultó que el destino intervino y corrigió ese error. Bueno, el destino *y* yo, pero sobre todo el destino.

—Eres mi mejor historia de éxito.

—Y todo te lo debemos a ti.

El silencio se prolongó durante un rato, algo que no ocurría a menudo entre nosotros. No era incómodo, simplemente estaba ahí. De todos modos, me alegraba revolcarme en la autocompasión.

—Tendrás tu propia historia de éxito —dijo finalmente Lola—. Spencer, te mereces ser feliz. Hay alguien ahí fuera, sólo para ti. Ya lo verás.

Solté una carcajada.

—Sí, claro.

—Y si Andrew decide que quiere a Eli, entonces no estaba destinado a ser. Y él se lo perdería. Pero mira —dijo ella mientras se desviaba del carril—. Él te llamará.

Y como si tuviera poderes mentales o algo así, mi teléfono sonó. El nombre de Andrew parpadeó en la pantalla. Mi corazón palpitó con fuerza y sonreí al ver que era él, pero entonces se me ocurrió...

—¿Y si me llama para decirme que Eli y él han vuelto a estar juntos?

Lola me miró fijamente.

—Contesta el teléfono.

—¡Cuidado con la carretera!

—¡Contesta tu maldito teléfono! —gritó ella.

Pulsé el botón de respuesta más por pánico que por otra cosa.

—Hola —dije tratando de sonar lo más casual posible.

—¿Estás bien? —preguntó. Sin saludo, ni charla—. Sonabas muy mal en tu mensaje. ¿Dijiste que no te sentías bien? He estado en reuniones todo el día, y acabo de recibir tu mensaje ahora mismo.

—No, estoy bien. Me siento un poco mejor ahora —dije. Me arriesgué a mirar a Lola y me encogí cuando me fulminó con la mirada por haberle mentido—. Siento no haberte llamado anoche. ¿Cómo te fue con Eli?

Casi no quería saberlo. Estuve a punto de decirle que se olvidara de lo que pregunte, pero él habló primero.

—Yo... aún no le he contestado.

Oh. Oh, gracias a Dios.

—Ah —dije. Casi me reí de alivio. Lola sonrió y asintió. Era ridículo.

—Bueno, no estaba seguro de lo que querrías que hiciera —dijo—. Tú eres el experto en esto, y no quería hacer lo incorrecto.

—No, hiciste lo correcto —le dije lo cual no era exactamente la verdad—. Hacerle esperar un día no le hará daño. De hecho, podría hacer que se diera cuenta un poco antes, ¿sí?

—Hmm, tal vez. —Sonaba inseguro.

Exhalé con fuerza. El nudo de inquietud en mi pecho había cedido un poco. Me sentía mejor que en todo el día. De hecho, mi estúpido cerebro tuvo que decirle a mi estúpida boca que dejara de sonreír, y Lola soltó una risita.

—Cállate —dije haciéndola reír.

La voz de Andrew era tranquila.

—¿Perdón?

—¡Oh, no, a ti no! —dije rápidamente en el teléfono—. Lola está siendo un grano en el culo.

—Ah —respondió—. ¿Te llamo más tarde?

—En realidad, ¿puedo llamarte en unos diez minutos? —pregunté—. Necesito tener las manos libres para cuando Lola se detenga en mi casa porque sólo reduce la velocidad a cincuenta kilómetros por hora y tengo que salir del coche en plan comando-rodar.

Ella me dio un golpe en el brazo y Andrew se rio en mi oído.

—Muy bien. Buena suerte —dijo—. Y recuerda, mantén la barbilla metida y los dos brazos levantados para protegerte la cara. Evita el bordillo.

Me reí de sus consejos sobre el comando-rodar, y colgó la llamada. Lola me sonreía ampliamente. La ignoré.

—Realmente preferiría que miraras la carretera cuando conduzcas —dije tratando de actuar sobre todo con frialdad—. Y sé lo que vas a decir sobre Andrew, y también preferiría realmente que no lo hicieras.

Hizo un pequeño movimiento de culo en su asiento.

—No voy a decir nada que aparentemente no sepas ya.

—Me acojo a la quinta enmienda.

—Eres australiano. No tienes la quinta.

Solté una carcajada. Mi estado de ánimo había dado un vuelco completo con respecto a esta mañana. Y por mucho que quisiera admitir ante Lola lo que suponía que ya sabía -que Andrew era diferente a cualquier otro cliente que hubiera tenido- no estaba preparado para hacerlo. Eso lo haría real. Y la verdad era que, en ese mismo momento, Andrew seguía siendo mi cliente. El objetivo seguía marcado.

Por suerte, y desafiando un poco a la muerte, Lola atravesó dos carriles y se detuvo frente a la tienda de tatuajes como un piloto de carreras. Bajé del coche y le hice señas para que se fuera, y ella seguía sonriendo mientras dirigía a Cindy Crawford de vuelta al tráfico.

Y sin tener ni idea de qué decirle a Andrew sobre qué hacer con Eli, saqué mi teléfono, encontré su número y pulsé llamar. Contestó al primer timbrazo.

—Hola, lo siento. Evel Knievel acaba de dejarme antes de lanzar a Cindy Crawford contra unos pobres usuarios de la carretera que respetan la ley.

Andrew resopló.

—¿Qué?

Esperé a que hubiera una pausa en el tráfico antes de cruzar la calle.

—Lola. Conduce como una loca.

—¿Y qué es eso de Cindy Crawford?

—Oh, ese es su coche. Es un pequeño y bonito modelo de los ochenta.

Andrew soltó una carcajada, y el cálido sonido de su risa me hizo sentir una sensación de calor en el pecho.

—Andrew, siento mucho haberme perdido tus llamadas anoche.

—Está bien —dijo. Parecía genuino—. Sin embargo, ¿estás mejor ahora?

—Sí, mucho mejor.

—Bueno, ¿podría pasar por allí? —preguntó—. Acabo de salir del trabajo, así que ya estoy en el coche. Podríamos resolver lo de este viernes.

—Suena muy bien.

—De acuerdo. Aparcaré detrás.

—Sólo ven directamente a mi puerta.

—Nos vemos en unos veinte minutos. —Y colgó la llamada.

Empujé la puerta de la tienda de Emilio y él levantó la

vista para dejar de tatuar a su cliente. Luego me miró de nuevo.

—Jesús. El gato que atrapó al canario.

Me reí de él.

—Hola, tío. ¿Cómo te ha ido el día?

—No tan bueno como el tuyo por el aspecto de esa sonrisa.

Puse los ojos en blanco.

—¿Necesitas algo?

—No estoy bien, amigo —dijo Emilio—. Ah, hoy han llegado nuevas revistas. Están en el mostrador —dijo señalando el mostrador de servicio.

—Genial. —Emilio siempre se suscribía a unos cuantos ejemplares porque los clientes tendían a doblar las páginas o simplemente las arrancaban. Recogí el ejemplar superior —. La bajaré más tarde. ¿Estás aquí hasta tarde esta noche?

Emilio tenía la cabeza baja y estaba ocupado entintando a su cliente.

—Sí, hombre. Daniela tiene la noche libre. El último cliente es a las siete. Sólo estoy yo.

—¿Quieres que te traiga algo de cenar o algo así?

—Genial, gracias.

Cogí la revista de tatuajes y salí por la puerta trasera y la cerré tras de mí. Arriba, sabiendo que Andrew no estaría lejos, me refresqué. Me lavé la cara, me eché un poco de desodorante y cepillé mis dientes. Era ridículo. Así que me planté en el sofá y ojeé la revista hasta que llamaron a la puerta.

Cuando abrí la puerta, Andrew estaba de pie como un remedio para las palpitaciones. O tal vez las empeoraba. Era difícil de decir.

—Hola.

Su sonrisa era cálida y amplia.

—Oye, te ves bien —dijo. Luego se congeló—. Quiero decir que ya no pareces enfermo.

Me reí, aliviado y nervioso, y me hice a un lado, una invitación silenciosa a entrar.

—Estoy mucho mejor. —Y eso no era una mentira. Me sentía mucho mejor—. ¿Puedo ofrecerte una bebida o algo?

—Claro. —Entró directamente, se acercó al sofá y se sentó. Cogió la revista de tatuajes y empezó a hojearla—. ¿Buscando nuevas ideas?

Le entregué una botella de agua y me senté a su lado.

—En realidad no. Se la robé a Emilio —le expliqué—. Sólo me gusta ver las novedades.

—Están bastante bien —dijo inclinando la cabeza—. Estoy sorprendido, de hecho, por lo mucho que me gustan.

—¿Alguna vez te harás uno?

Sus ojos se abrieron de par en par y soltó una carcajada.

—Ah, no. —Luego frunció el ceño—. Bueno, nunca lo había pensado.

—¿Nunca?

Negó con la cabeza.

—No. —Tomó un sorbo de agua y siguió pasando páginas. No me miró cuando preguntó—: ¿Cuándo te hiciste tu primer tatuaje?

—Dieciséis años. Mi tía Marvie me llevó a conseguirlo. —Mi mano izquierda se dirigió automáticamente a la parte superior de mi brazo derecho—. La cruz tribal fue mi primera. Ahora se ha incorporado a toda la manga, pero sí, ese fue mi primer tatuaje.

Sus ojos se dirigieron entonces a los míos.

—Vaya.

Me encogí de hombros, y él supo que la tinta de mis brazos, por muy visible que fuera, era algo privado.

—Son adictivos.

—¿Te harías otro? —preguntó—. Tus mangas están hechas, así que ¿dónde más podrías hacerte uno?

—Tal vez una pieza en el pecho —dije recostándome en el sofá—. No lo sé.

—¿Color o blanco y negro? —dijo volviendo a mirar la revista—. Tienes una mezcla de ambos en tus brazos.

—Depende de la pieza —dije—. Y de lo que signifique.

—Me parece genial.

—¿Cómo fue el trabajo?

Me miró y sonrió.

—Bien. ¿Cómo fue tu día con Lola?

—Sí, bien. Ocupado. Es mandona.

Sonriendo, siguió mirando las fotos de la revista. Era fácil olvidar que apreciaba los tatuajes desde la perspectiva de un artista, no de un cliente.

—Oh —dije—. Tengo que llevarle a Emilio algo de comer más tarde. Que no se me olvide.

Andrew se quedó hasta la cena. Compramos comida para llevar y la comimos abajo en la tienda con Emilio después de que cerrara tras su jornada de trabajo. Emilio y Andrew hablaron sobre las líneas y la definición, el sombreado y la interpretación.

Y ni una sola vez hablamos de Eli.

CAPÍTULO OCHO

EL JUEVES por la tarde me encontré en la calle frente al lugar de trabajo de Eli. Una imprenta a la que realmente no tenía ninguna necesidad de ir, sólo una ardiente curiosidad y una sana pizca de celos.

Bueno, tal vez celos fuera una palabra muy fuerte, pero quería saber qué le atraía a Andrew de Eli. Se conocieron en una tienda de comestibles, lo cual era el material de las películas de chicas.

¿Demasiado cliché? No estaba seguro. Pero Eli se mudó con él. Tenían una historia. Una historia íntima. Eli había tocado a Andrew de maneras que yo quería pero no podía. Andrew lo había llevado a la cama, lo había besado, se lo había follado. Y yo quería ver por qué.

Antes de que pudiera disuadirme, crucé la calle y entré por la puerta principal. Una campana sonó para anunciar mi entrada, y ni un momento después, una mujer se acercó al mostrador. Reconocí a Terri por la foto de Facebook y luego en el bar donde había tomado las copas de cumpleaños e invitado a Eli a acompañarla. La etiqueta con su nombre lo confirmó.

—¿Puedo ayudarte? —me preguntó alegremente.

El vestíbulo era un poco viejo, pero estaba limpio. Había ofertas de productos pegadas en las paredes.

—Sí. De momento estoy mirando, pero tengo una convención de negocios próximamente para la que podría necesitar algunos productos de marketing.

Me habló de folletos y anuncios online, y yo le seguí la corriente, asintiendo. Me explicó las cifras mínimas, las máximas, las opciones de pago y muchas otras cosas que no me interesaban.

—Entonces, ¿cuál es tu mercado objetivo? —preguntó—. ¿Qué tipo de convención?

Dije lo primero que se me ocurrió.

—Tatuajes —respondí, como si eso lo explicara todo—. ¿Podría tener arte para mostrar impreso en lienzo? O incluso enmarcado. Quiero un aspecto ejecutivo, de clase alta. Quiero que parezcan piezas de un estudio fotográfico.

Sus ojos se iluminaron.

—Oh, sí. Espera, voy a traer a Eli. Es el hombre que quieres para eso.

Desapareció y una sensación de nerviosismo enfermizo se retorció en mi vientre. No era el hombre que yo quería en absoluto, pero si esto era una buena idea o una idea realmente estúpida, era demasiado tarde. Porque Eli salió por la puerta exclusiva para el personal. Terri le abrió el camino.

—Este es Eli —dijo—. Hace todas las impresiones por las que preguntaste. —Y nos dejó solos. Sólo él y yo.

Eli era más o menos de mi altura, algo guapo con su pelo y ojos oscuros. Parecía un chico normal, como en las fotos que había visto. Le odiaba. Irracional, lo sé, pero daba igual. Sus ojos parpadearon con algo cuando me vio, y si me reconoció como el chico que estaba con Andrew en el bar la otra noche, no lo dijo.

—Hola —dijo ofreciéndome su mano.

La estreché un poco más fuerte de lo normal, pero daba igual. Si estaba esperando que le diera mi nombre, no lo hice.

—Así que, ¿buscas impresiones enmarcadas?

—Creo que sí. Estoy pidiendo información de precios. —Por mucho que no me importara que perdiera diez minutos de su tiempo, no quería malgastar el dinero de la empresa pensando que esto iba a llegar a ninguna parte—. ¿Cuánto tiempo necesitas, digamos para diez impresiones de ciento cincuenta centímetros cuadrados?

Parloteó sobre los precios y los productos, tratando claramente de venderme un trato. Algunos pensarían que era bueno en su trabajo. Yo, en cambio, pensaba que era un zalamero. No me importaba lo bueno que fuera con los productos que vendía, había estado con Andrew, y eso lo convertía en un idiota para mí.

Por la gracia de Dios, mi teléfono sonó. Era Lola. Hice una cara de disculpa a Eli.

—Lo siento, tengo que cogerlo. —No esperé a que me contestara, simplemente le di a contestar—. Hola.

—Estoy en la tienda. ¿Dónde estás tú?

Fingí estar disgustado. Apreté los dedos contra mis ojos.

—¿Estás ahí, ahora?

—Acabo de decir eso —dijo ella—. ¿Hacerte pajas te deja sordo?

Ahogué una carcajada.

—Sí. Bueno, eso es lo que dijo.

Le costó un segundo. No era la primera vez que necesitaba que me sacara de una situación. Ella era bastante rápida con estas maniobras.

—Oh. Estás en un lugar que no deberías estar, hablando con alguien con quién no deberías hablar, ¿no?

—Eso es correcto.

—¿Tiene esto algo que ver con Andrew?

—Sí.

—Fuiste a ver al ex, ¿no?

—Por supuesto.

—¿Está delante de ti?

Suspiré con fuerza.

—Sí. De acuerdo, iré enseguida, sin desviarme.

Lola se rio en mi oído.

—Siempre has hecho cosas desviadas en tu vida, Spencer.

Apreté los labios para no sonreír, terminé la llamada y metí el teléfono en el bolsillo. Eli había vuelto al mostrador para darme la privacidad que permitía el pequeño vestíbulo, pero me miró expectante.

—Lo siento —le dije—. Tengo un asunto en el trabajo que necesito resolver. ¿Tienes una tarjeta que pueda tomar?

Me dio su tarjeta de visita y le dije que me pondría en contacto.

CUANDO ANDREW me llamó esa noche, supe que tenía que decírselo.

—Hoy he visto a Eli.

Sólo hubo silencio. Entonces:

—¿Qué?

—Entré en su trabajo e hice averiguaciones sobre carteles de tatuajes que no necesito.

Sonó como si hubiera cambiado la oreja en la que tenía el teléfono, y luego pareció como si se moviera.

—¿Le dijiste quién eras?

—No, por supuesto que no.

—Pero te ha visto conmigo.

—Lo sé. —Intenté hacerme el interesante—. No estoy seguro de que me haya reconocido. Nunca lo dejó ver.

—Dios, Spencer. Podrías haber echado todo a perder. —Obviamente estaba cabreado conmigo, y probablemente con razón—. ¿Por qué hiciste eso?

—Esperaba que me reconociera. Creo que lo hizo, no estoy seguro —admití—. Pero lo que hice fue más o menos garantizarnos una reacción de él.

A decir verdad, estaba empeorando las cosas. Lo sabía. Eli iba a presionar más para recuperar a Andrew, o no le iba a importar en absoluto. La parte egoísta de mí esperaba lo segundo.

Y hacía mucho tiempo que no esperaba nada.

Estuve tentado de darle excusas y disculpas, pero no lo hice. Necesitaba que él hablara primero. Tardó ocho largos y angustiosos segundos.

—¿Y? —preguntó.

—¿Y qué?

—¿Qué te ha parecido?

Me encogí de hombros, aunque él no podía ver.

—Parecía agradable.

—Dios, realmente no sabes mentir. —Resopló en el teléfono—. Y teniendo en cuenta que te ganas la vida así, esperaba algo mejor.

—Auch.

Se rio.

—Bueno, es verdad.

—Puedo mentir convincentemente a otras personas —admití—. Pero a ti no. Por alguna estúpida razón.

No sé cómo lo supe, pero estaba bastante seguro de que estaba sonriendo.

—Bueno, por eso, puedes invitar a la cena mañana por la noche.

—¿Es eso cierto?

—Sí. Pizza y una película. A las siete en punto.

—Eres tan mandón —dije. Me sorprendió que pudiera

hablar de verdad con lo mucho que estaba sonriendo—. Y de todos modos, ¿cómo vives de la comida para llevar y tienes el cuerpo que tienes?

Se rio en voz baja.

—Ya te lo he dicho. Hago ejercicio durante una hora cada mañana antes de ir a trabajar.

—¿Llevas pantalones cortos de gimnasia ajustados y camisetas de culturismo para enseñar músculos? Porque me levantaría totalmente de la cama para ver eso.

Se rio al teléfono.

—Te veo mañana a las siete.

—¿Así que le dijiste a Eli que no a la cita de mañana por la noche?

—Le dije que no podía —respondió. Se aclaró la garganta—. Ya sabes, trátalos con maldad para mantenerlos con ganas.

No pude evitar la estúpida sonrisa en mi cara.

—Oh, lo siento. Sólo me imaginaba que llevabas unos pantalones cortos de gimnasia ajustados y una camiseta de musculación. ¿Qué estabas diciendo?

Resopló.

—Buenas noches, Spencer. —Desconectó la llamada, pero yo seguía sonriendo ante las imágenes mentales de Andrew con su ropa de gimnasia.

EL VIERNES PASÓ LENTO. Como *realmente* lento. Ayudé a Emilio y a Daniela en la tienda durante un rato, arreglé cuándo y dónde ver a mi próximo cliente el lunes por la tarde. Limpié mi apartamento, leí, comí, hice todas esas cosas, y luego pasé un buen puñado de horas preparándome y eligiendo ropa mientras el reloj avanzaba como si se le acabara la batería. Porque estaba perdiendo la cabeza.

Pero, como un buen chico, a las siete en punto, con una pizza en la mano, tal y como se había pedido, llamé a la puerta de Andrew. Oí lo que parecía ser él bajando las escaleras, el traqueteo de la cerradura de la puerta, y luego tiró de la puerta hacia dentro y sonrió.

Y como un cambio cósmico, el tiempo volvió a estar bien.

—Oh, bien —dijo—. Me muero de hambre.

—Hola, estoy bien. ¿Y tú? —Bromeé ante su total falta de saludo—. Me fue bien en el taxi, pero no creo que el taxista apreciara el olor a pizza en su coche.

Andrew se rio.

—Lo siento. Hola, ¿cómo estás? Muy bien. ¿Cómo fue tu viaje en taxi hasta aquí?

Le entregué la caja de pizza.

—De nada.

Atravesó el salón, puso la pizza sobre la mesa y fue directamente a la cocina.

—¿Cerveza o refresco?

—La cerveza está bien.

—Sí, lo está —respondió, volvió a salir y me entregó una. Llevaba unos vaqueros y una vieja camiseta con botones, de aspecto desgastado y suave. Jesús. Tenía los pies desnudos. No recordaba haberle dicho nunca que los vaqueros y los pies descalzos me parecían muy sexis, pero maldita sea.

—No huelen mal —dijo moviendo los dedos de los pies—. Lo prometo.

Que Dios me ayudara. Me quedé mirando sus pies. Cuando levanté la vista hacia él, me miró a la cara y una lenta sonrisa se dibujó en sus labios.

—Oh.

—Cállate.

Se rio y chocó su botella de cerveza con la mía.

—¿Entonces? ¿Pizza? ¿O quieres mirar mis pies un poco más?

Ignorándolo antes de morir de vergüenza, puse los ojos en blanco y me senté a la mesa. Abrí la caja y tomé un trozo.

—¿Oye? ¿Alguien en el trabajo te está haciendo pasar un mal rato por la foto que publicamos en tu Facebook?

Estuvo a punto de morder el primer trozo, pero se detuvo antes de que llegara a su boca. Gimió.

—Ha sido doloroso —dijo—. Toda la semana. —Tomó un bocado y tarareó apreciativamente—. Mmm, está riquísima.

Devoró cuatro rebanadas por dos mías.

—¿No has comido hoy? —le pregunté.

Negó con la cabeza y pasó la comida con un trago de cerveza.

—No. He estado evitando el comedor porque, bueno, porque el último juego en el departamento parece ser "Vamos a hacer a Andrew 101 preguntas sobre su nuevo novio".

—*Nuevo novio*, ¿eh? —Sonreí. Eso me gustó más de lo que debería—. ¿Cómo es? Apuesto a que es guapo.

Una oleada de calor coloreó sus mejillas y se deslizó por su cuello.

—Cállate. Ya sabes lo que quiero decir.

Miré la etiqueta de mi botella de cerveza.

—Me han llamado cosas peores.

Su sonrisa vaciló.

—¿Por ex-novios celosos?

—En realidad, más por el cliente —admití—. El tipo al que intento ayudar. Está claro que no soy su tipo, y que mi aburrimiento en las inauguraciones de las galas de la ciudad o en las noches de ópera les parece un poco grosero.

—¿De verdad? ¿Tuviste que ir a inauguraciones de gala

y a la ópera? —Frunció el ceño—. ¿Y te menospreciaron por ello?

—Te sorprendería —dije en voz baja—. Me pagan por hacer un trabajo, supongo. Me tratan de la misma manera que tratan a la gente que limpia su ropa en seco o lava su coche.

Andrew asintió lentamente, y en su rostro se dibujó una breve expresión de dolor antes de sustituirla por una sonrisa. Se aclaró la garganta.

—Entonces debes pensar que es terriblemente aburrido tener un viernes por la noche de pizza y película. —No era una pregunta. Más bien una confirmación para sí mismo—. No me gusta mucho salir.

—¿Estás bromeando? Esto es perfecto. Pizza y una película es mi tipo ideal de una buena noche. Claro, vestirse arreglado es genial de vez en cuando, pero acaba aburriendo.

Sonrió algo más genuinamente, pero todavía era un poco forzado.

—¿Arreglado?

—Ya sabes, ¿vestido con traje? —Me encogí de hombros—. Te juro que todos los que conozco deberían tomar una lección de australianismos para no tener que seguir explicando estas cosas.

—O podría reservarme para una lobotomía electiva...

Me quedé con la boca abierta. Literalmente. Me quedé con la boca abierta. Comenzó a reírse fuertemente y puso su pie sobre la mesa.

—Toma, mira mi pie desnudo.

—Vete a la mierda.

Eso sólo le hizo reír un poco más.

—Chupas mi alegría, ¿No sabes hacer otra cosa?

Movió las cejas hacia mí.

—Sí. Sí, lo hago.

Gemí, en parte porque su juego de palabras era patético, y en parte porque ahora estaba pensando en él chupando pollas.

—Cállate y pon la película.

Todavía riéndose para sí mismo, llevó la caja de pizza a la cocina y luego se reunió conmigo en el salón. Me entregó una nueva cerveza y seguía sonriendo mientras ponía el DVD.

—¿Qué vamos a ver? —pregunté. Me dio la carátula. Era *Cómo entrenar a tu dragón 2*—. ¿En serio? ¿Vamos a ver una de dibujos animados?

Se puso de pie, con un aspecto honestamente ofendido, su sonrisa se había esfumado.

—Yo, bueno, yo, no tenemos que hacerlo. Sólo pensé...

—¿Ya te han hecho esa lobotomía? —pregunté con una sonrisa de satisfacción.

Ahora me miró fijamente.

—Eres un idiota.

—Gracias.

Recogió su cerveza de la mesa de centro y se plantó en el sofá, no justo a mi lado, pero tampoco en el otro extremo. Estiró las piernas y apoyó los pies en la mesa de centro cuando empezó la película, así que yo hice lo mismo.

Se aclaró la garganta.

—Ah, ¿estás bien ahí, sintiéndote como en casa? —Estaba mirando mis zapatos.

—Sí, gracias —dije con una sonrisa, sin apartar los ojos del televisor. Estaba bastante seguro de que si lo miraba, lo cogería por la cara y lo besaría hasta que se corriera. *Joder*. Ahora estaba pensando en eso. Tragué con fuerza. Jesús, el aire de la habitación era repentinamente embriagador y podía sentir lo cerca que estaba sin mirar—. Así que... —tosí y señalé con la cabeza hacia la pantalla—. ¿Qué tomas de esto has dibujado?

Entonces, mientras se proyectaba la película, Andrew me contaba las diferentes escenas que había hecho, qué partes le habían gustado, cuáles eran difíciles, cuáles eran sus favoritas. Pero entonces sucedió algo. En la película. Y vino de la nada, y no me lo esperaba. No tenía ni idea ni tiempo para prepararme. Era una película para niños, joder.

El padre murió.

En la película. El padre murió. Y una ola de recuerdos y emociones me golpeó, como si me hubieran golpeado por la espalda. Ciertamente no lo vi venir.

Respiré profunda y tranquilamente, sin querer llamar la atención. Miré a la pared y me di cuenta de que estaba mirando los dibujos de esta misma película, y eso no ayudó en absoluto. Entonces miré la parte superior de la pantalla del televisor. Había algo escrito sobre la definición de la pantalla, y lo miré tan fijamente, intentando deliberadamente no ver la película, que debí haber mirado demasiado porque mis ojos empezaron a llorar. Solté la respiración más lenta que pude, pero Andrew estaba demasiado cerca y oyó lo agitada que era. Se volvió hacia mí y empezó a reírse y, sin duda, estaba a punto de decir algo sobre llorar en una película para niños.

Pero entonces vio mi cara.

Se sentó y tanteó el mando a distancia antes de apagar toda la televisión. Me levanté del sofá y fui a la cocina para recuperar el aliento. *Oh, joder.* El ardor en mi pecho era tan vívido ahora como hace años.

Andrew estaba justo detrás de mí. Puso su mano en mi brazo.

—Spencer, lo siento. Debería haber sabido… deduje que había pasado algo. Ni siquiera pensé en el padre.

Negué con la cabeza y puse la palma de mi mano contra el esternón para contrarrestar el dolor instalado allí.

—No pasa nada. No lo sabías. —Volví a respirar—. Eso salió de la nada. Lo siento.

Tenía una mano en cada uno de mis brazos, su rostro estaba marcado por la preocupación.

—No te disculpes. Soy yo quien debería disculparse. ¿Tu padre?

Dejé caer la cabeza hacia atrás y dejé escapar una respiración temblorosa hacia el techo.

—Mi padre... —Andrew apartó sus manos de mis brazos, pero antes de que pudiera dar un paso atrás, lo atrapé por la camiseta. Apreté el material, manteniéndolo justo donde estaba.

Necesitaba que se quedara cerca. Quería contarle lo que había pasado. Quería decirle por qué tenía tatuados los cuatro mirlos en el brazo, pero no podía. Nunca hablé de ellos. Llevaba esos recordatorios tatuados como una armadura, pero no podía formar las palabras.

—¿Quieres hablar de ello? —preguntó suavemente.

Negué con la cabeza.

—Está bien —dijo—. Está bien.

Puso su mano en mi cara y me incliné hacia ella. Me incliné, joder. Y como si supiera lo que necesitaba, lo que mi corazón y mi alma ansiaban, me atrajo hacia él.

Nunca había sentido nada tan bueno en mi vida. Era cálido y fuerte, era seguro y correcto. Enterré mi cara en su cuello, y puede que le abrazara demasiado fuerte. Pero olía tan bien y sus brazos me rodeaban como si estuvieran destinados a ello.

No quería soltarlo. Quería besar su cuello, quería levantar mi cara y besar sus labios. Quería saber a qué sabía. Quería que me abrazara, que me llevara a la cama, que hiciera lo que quisiera conmigo.

Y cuando me retiré, se quedó allí. Me miró a los ojos y se lamió los labios. Iba a besarme...

Entonces mi estúpida mano estaba contra su pecho, manteniéndolo a una distancia segura de no besar. Joder. Mi cabeza nadaba, mi corazón latía fuerte y dolía, se había formado un nudo en mi estómago, y yo era un maldito desastre.

Entonces mi estúpida boca dijo:

—Debería irme.

Parpadeó y sacudió la cabeza, como si se hubiera sobresaltado de algún tipo de estupor.

—Sí. —Me alejé, pero me detuvo con una mano en el brazo—. ¿Spencer?

Lo miré, luchando contra cada fibra de mi cuerpo que quería volver a caer en sus brazos, para besarlo.

Parecía destrozado.

—¿Seguro que estás bien?

Asentí.

—Sí. —*Por supuesto que estoy bien. He estado bien durante años*—. Te veré mañana. ¿Vendré sobre las cuatro? —No esperé a que respondiera. Me di la vuelta y salí tan rápido como mis estúpidos pies me llevaron.

POR SUPUESTO, el sueño no fue fácil. Demonios, apenas llegó. Por fin conseguí dormir unas dos horas después de que el sol se abriera paso por el horizonte. El sonido de los neumáticos chirriando en la calle de abajo me despertó, y para no quedarme todo el día pensando en cosas que no quería pensar, me puse ropa de correr y salí a la calle.

Corrí hasta Playa Venice. Era una cálida mañana de sábado, así que estaba abarrotada. Había gente paseando perros, patinando, montando en bicicleta, trotando. Algunos parecían demasiado atractivos, otros parecían estar haciendo el paseo de la vergüenza. Pero la multitud, los olores y el ruido eran todo lo que necesitaba para distraerme. Me encantaba este lugar. De hecho, fue el primer lugar al que acudí cuando llegué a Los Ángeles y, después de hacer el papel de turista y echar un vistazo al bulevar Abbot Kinney, me encontré mirando el escaparate de una tienda de tatuajes. Entré y me puse a charlar con el dueño. Se presentó como Emilio, y el resto era prácticamente historia.

Fue Emilio quien me hizo los cuatro tatuajes de mirlos que ahora adornaban mi antebrazo derecho. Había llegado a Estados Unidos con un solo hombro tatuado. Emilio me había ayudado mejor que cualquier terapeuta. Hay algo catártico en tener tus cicatrices entintadas en tu piel.

Tal vez eso es lo que necesitaba. Otro tatuaje. Un poco de dolor en el exterior para aliviar el dolor en el interior. Sí, eso es exactamente lo que necesitaba.

Con una nueva misión, volví a casa trotando. Hacía tiempo que no corría tanto y me ardían las piernas y los pulmones. El dolor fue bienvenido. Me planteé no subir a mi apartamento y entrar directamente a ver a Emilio, pero sabía que estaba ocupado y que probablemente no le habría gustado verme sudado en su tienda de tatuajes. Cuando me dirigí a las escaleras de atrás, Daniela y Lola estaban en la puerta trasera hablando. No era raro que se escabulleran por la parte de atrás y se echaran unas risas o una sesión de cuchicheos o lo que fuera que hablaran.

—Hola —dije a modo de saludo.

Las dos me miraron de arriba abajo. Lola habló primero.

—¿Estás bien, Spence?

—Sí, ¿por qué no iba a estarlo?

—Um, has salido a correr —respondió Daniela.

—Necesitaba despejar la cabeza —dije subiendo las escaleras con las piernas temblorosas. Llegué a la cima y me di la vuelta. Las dos me miraban—. ¿Por casualidad sabes si Emilio tiene una sesión libre hoy?

Daniela negó con la cabeza.

—Puedo preguntarle. ¿Quién quiere tatuarse?

—Yo.

Ambas se quedaron allí, mirándome. Ninguna dijo una palabra. Abrí mi puerta.

—Bajaré en un momento.

—¿A qué hora has quedado con Andrew? —preguntó Lola.

—Cuatro.

Miró su reloj.

—Um...

—¿Qué hora es?

—Justo después de las tres.

—Mierda. ¿Adónde se fue el día de hoy? —Entré corriendo y me fui directamente a la ducha. Para cuando estuve vestido y listo, encontré a Lola al pie de la escalera, esperando.

Me miró de arriba abajo.

—Jesús, te ves bien, Spence.

Le mostré una sonrisa.

—Gracias.

—Vamos —señaló con la cabeza el aparcamiento—. Yo te llevaré.

Sabía lo que iba a venir. De hecho, me sorprendió que necesitara tres manzanas para hablar.

—Esta noche es la gran noche, ¿eh?

—Sí.

—¿Estás bien?

—Bien. ¿Por qué?

Me miró durante un tiempo demasiado largo.

—Spence.

—Estoy bien, Lolz —dije sabiendo que ese nombre la

detendría. Ella lo odiaba. Hizo una mueca, y yo señalé hacia adelante donde Lola tenía que girar y le di algunas indicaciones. Aproveché la pausa para cambiar de tema—. ¿Cómo va el piercing en el pezón de Gabe?

Sus ojos brillaron con picardía.

—Oh, le gusta.

—¿Le gusta, o te gusta a ti?

—Me gusta lo que le hace.

Eso me hizo reír.

—Así de bien, ¿eh?

—Deberías hacerte uno —dijo ella moviéndose entre carriles salvando obstáculos—. En realidad, me sorprende que no tengas ningún piercing.

Me agarré al salpicadero, tratando de aparentar que su forma de conducir no me asustaba.

—Algo en lo que podría trabajar, ¿lo recomiendas?

Ella asintió con entusiasmo.

—Te sorprenderá lo bien que te sientan. —Luego dijo—: ¿Estás pensando en hacerte algún tatuaje?

—Sí. Sólo hay que encontrar la pieza adecuada.

—Genial. —Sabía que quería decir más, pero por suerte, lo dejó pasar.

—Justo aquí arriba —dije señalando la casa de Andrew.

—Bonita —admiró.

Realmente lo era.

—Sí.

—Mira, Spencer —dijo acercando el coche al bordillo—. Sé que tienes un trabajo que hacer aquí esta noche, pero creo que si hablas con Andrew antes...

—Lola, estaré bien. Gracias por traerme.

Y con eso, salí de Cindy Crawford y me dirigí hacia el camino. La despedí con la mano, fingiendo no ver la tristeza en su rostro y pulsé el botón del interfono de Andrew. Abrió la puerta y me dedicó una sonrisa que hizo que mi corazón diera un vuelco. Aunque me miró con cautela.

—Hola —dijo dejándome entrar—. Estás muy guapo.

Me había puesto mis mejores pantalones, un chaleco azul que hacía juego con mis zapatos, y mis mangas blancas estaban remangadas hasta los codos. Me había arreglado el pelo, me había recortado la barba e incluso me había echado colonia porque, bueno, oler bien era el arma secreta de un hombre.

No quería que se sintiera mal por mi enloquecimiento de anoche. Diablos, ni siquiera quería que lo mencionara.

—¿Hiciste la colada hoy?

Se rio.

—La hice.

—¿Y el gimnasio?

—Sí —dijo entrando en la sala de estar—. ¿Soy tan predecible?

—No, en absoluto —respondí. Levantó una ceja al verme—. Vale, entonces quizá sólo un poco.

Su sonrisa se esfumó y se pasó la mano por el pelo. Lo esperé. Iba a decir algo como "Mira, sobre lo de anoche", y era lo último de lo que quería hablar, así que cambié completamente de tema.

—¿Puedes enseñarme a tocar algo en tu piano?

Mi petición le detuvo, y se giró para mirar su piano.

—Oh. Um. —Exhaló con fuerza—. Claro, supongo.

Me acerqué al piano y me senté en un extremo del asiento. Realmente era un hermoso mueble, instrumento, lo que sea. No es que yo fuera un experto en pianos de cola ni nada por el estilo, pero realmente era especial.

Andrew se sentó a mi lado, con nuestros muslos y brazos rozándose, y levantó la tapa.

—¿Has tocado algo antes?

—¿En el piano? No. Dios, no puedo ni con el triángulo.

Sonrió ante eso.

—Eso me sorprende. Habría pensado que con lo inclinado que estás en la música, podrías tocar *algo*.

—Puedo —dije con orgullo—. Puedo poner discos.

Andrew se rio y acercó sus dedos a las teclas. Me explicó los acordes y las octavas, pero me perdió cuando añadió las teclas negras y, si era sincero, empecé a pensar en lo largos y elegantes que eran sus dedos y en cómo se sentirían en mi piel... Maldita sea, apostaba a que podría tocarme como una canción.

—¿Spencer?

—Oh. Lo siento. Me desvié por tus dedos.

Se rio.

—Pon tus dedos así, el índice derecho en la F.

Lo hice, entonces él levantó mis manos y las movió hacia abajo unas cuantas teclas.

—Oh, esa F.

Sus hombros temblaban mientras se reía, y me enseñó qué teclas eran cada una, y pronto estábamos tocando el *Chopsticks* más magistral que jamás se haya tocado. Bueno, para mí lo era. La última vez que Andrew lo tocó fue probablemente a los cuatro años.

Al final me rendí y me declaré con problemas de pianismo.

—Eso no es una palabra.

—Sí, lo es. —Sonreí—. Tócame algo.

—¿Qué?

—Tócame cualquier pieza. Tu favorita —dije—. *La Sonata Claro de Luna* o como sea que se llame.

Volvió a mirar las teclas y luego a mí.

—¿Estás seguro?

—Completamente.

Así que lo hizo. Y oh, Dios mío. Nunca había escuchado algo tan hermoso. Jamás. Cerró los ojos y se perdió en cada nota. No necesitaba partituras para leer, se las sabía de memoria. Era la perfección.

La última nota quedó suspendida en el aire como una entidad etérea. Sus manos cayeron sobre su regazo, y finalmente me miró, todo vulnerable, como si me hubiera mostrado una parte de sí mismo que no mucha gente llega a ver.

Debería haberle dedicado algún elogio inteligente, pero lo único que conseguí fue:

—Vaya.

Dejó escapar una respiración nerviosa, sus labios se curvaron en una sonrisa.

—¿Te ha gustado?

—Me encantó. Ahora tócame una de tus canciones de jazz-funk. —Luego, recordando mis modales añadí—: Por favor.

Todo su comportamiento cambió. Sus ojos brillaban con luz propia y su sonrisa era descarada. Puso las manos en las teclas y tocó el solo de piano más divertido que jamás hubiera escuchado. Podía imaginarme a la gente de los años 20 bailando en algún bar de jazz al ritmo de esta canción. Todo su cuerpo se movía cuando tocaba; ponía todo de sí mismo en la música. Era fácil darse cuenta de que esto era lo que le gustaba. Claro, tocaba Beethoven como si lo respetara. Pero esto, tocaba jazz porque lo amaba.

Cuando la canción terminó, lo único que pude hacer fue suspirar.

—Podría escucharte tocar todo el día.

—¿De verdad?

—Claro que sí. ¿Por qué te sorprende eso?

Se encogió de hombros.

—Es sólo que solía molestar a Eli.

Lo miré fijamente.

—¿Qué?

—Le molestaba. Si estaba leyendo o lo que fuera. Supongo que es ruidoso y molesto. —Hizo una mueca—. Solía tocar cuando él estaba durmiendo.

No podía creerlo. Cuanto más me hablaba de Eli, más ganas tenía de darle un puñetazo en la garganta.

—¿Estaba loco? Que toques el piano es como lo que más me gusta.

Las mejillas de Andrew se calentaron hasta alcanzar un hermoso color rosa.

—Oh. Gracias.

Negué con la cabeza.

—No puedo creer que dijera eso. Qué capullo.

Andrew miró el teclado y no contestó.

—Lo siento, eso estuvo fuera de lugar —dije en voz baja—. Lamento haberme pasado de la raya. No lo dije porque me hubiera equivocado.

Andrew se levantó del piano.

—Bueno, probablemente debería ir a ducharme y prepararme —dijo—. ¿Te importa? Iba a ducharme antes pero perdí la noción del tiempo.

—No, está bien. —No estaba seguro de si iba a ducharse ahora sólo para refrescarse o para masturbarse. Esperaba esto último y tuve que detener las imágenes mentales que hacían que mi polla se excitara. Entonces vi su ordenador portátil—. Oye, ¿puedes prestarme tu ordenador un minuto?

—Claro, puedes usarlo.

—¿Puedo revisar tu Facebook? Quiero ver qué ha hecho Eli.

Parpadeó.

—Um. Oh, vale. Supongo. —Se encogió de hombros—. Sólo no comentes ni envíes mensajes privados a nadie haciéndote pasar por mí. No te metas en ninguna conversación con mi madre y no invites a mi hermana a cenar.

Me reí.

—Trato hecho.

Andrew subió las escaleras y yo me llevé su portátil al sofá. Quería mirar en Facebook para ver qué comentarios había en la foto que habíamos subido, pero no quería hacerlo sin que él lo aprobara primero. Así que decidí ver qué podía averiguar sobre Eli.

El tipo era un imbécil, y lo que Andrew vio en él, ni siquiera podía adivinarlo. Tal vez estaba bien dotado. Tal vez Andrew tenía una obsesión por los chicos con pollas grandes. *Bueno, entonces yo debería gustarle*. Resoplé y miré alrededor de la habitación como si alguien me hubiera visto.

Andrew tenía algunos comentarios y notificaciones, que ignoré. Ninguno era de Eli, así que no eran de mi incumbencia. Busqué a Eli y me desplacé por su línea de tiempo hasta que encontré algunas fotos. Con la ayuda del botón derecho del ratón y de la opción de "buscar en Google", busqué en la red los trapos sucios de Eli.

No apareció nada fuera de lo común. Incluso con una búsqueda de imágenes y utilizando la función de localización, no apareció nada raro. Por lo que pude deducir de mis diez minutos con el detective Google, no llevaba una doble vida ni nada espeluznante o siniestro. Era decepcionantemente normal. Seguía siendo un imbécil, pero un imbécil decepcionantemente normal.

Volviendo a una búsqueda general en la web, escribí su lugar de trabajo, junto con su nombre, y utilicé palabras clave como educación, título y dirección. Y fue realmente impactante la información que estaba disponible en Internet.

Eli Masterson había solicitado un puesto de trabajo en Fujifilm en el departamento gráfico. No sabía exactamente a qué se dedicaba en su trabajo de impresión y quizá no fuera tan exagerado pasar de uno a otro, pero tenía que preguntarme si Andrew lo sabía.

¿Lo sugirió Andrew? ¿Intentó conseguirle el trabajo?

—Así que —dije cuando volvió a bajar las escaleras. Ignoré lo bien que olía y cómo se veía aún mejor con el pelo mojado—. ¿Cómo empezaste a trabajar en DreamWorks?

Parecía sorprendido por mi pregunta.

—Um, me licencié en Bellas Artes en Animación de Personajes. Cuando hice el máster en Animación Experimental, trabajé con ellos como parte de mis prácticas.

—Oh, así que es increíblemente difícil —dije bastante estúpidamente—. Todo lo que tenías que decir es "tienes que ser el mejor de la industria".

Sonrió ante eso.

—¿Por qué?

—Ninguna razón exactamente —dije—. ¿Qué títulos tenía Eli?

Las cejas de Andrew se estrecharon.

—¿Por qué?

—Me pregunto por qué habría solicitado un trabajo en Fujifilm, eso es todo —le dije—. ¿Estaba cualificado?

Andrew me miró fijamente de una forma que me decía, sin ambages, que no sabía nada de la solicitud de empleo.

—¿Qué?

—¿También era dibujante? —pregunté—. ¿O tal vez solicitó una división diferente? ¿Algo más, tal vez?

Negó con la cabeza lentamente.

—Quería hacer... —dejó de hablar—. ¿Qué quieres decir con que solicitó un trabajo allí? ¿Cuándo?

—Sólo da la fecha de publicación. Hace tres meses. —Giré el portátil sobre mis rodillas para que pudiera ver la pantalla—. Pero tiene su nombre y tu dirección, así que fue cuando vivía aquí.

Dio unos pasos tímidos y se sentó a mi lado. No apartó los ojos de la pantalla. Le entregué el portátil y leyó la información que había encontrado. Es cierto que no era mucho, pero era claramente una novedad para Andrew.

Tras un largo y silencioso minuto, preguntó:

—¿Qué significa eso?

—No lo sé.

—Fujifilm acaba de abrir una división de arte en 3D en los Estudios Universal de Singapur —dijo con las cejas fruncidas. Negó con la cabeza—. Ni siquiera tiene una cartera para ese tipo de aplicación. Incluso en la industria de la impresión, necesitaría ejemplos de su trabajo.

—Andrew —dije suavemente—. No sé mucho de estas cosas, pero ¿tuvo acceso a tu trabajo?

Me miró fijamente, con los ojos muy abiertos y vulnerables, y el color se le fue de la cara.

—Oh, no. —Salió disparado del sofá y subió las escaleras de dos en dos. Le seguí mientras corría hacia su armario y sacaba su cuadro favorito de la pared. Le dio la vuelta y arañó la parte trasera del marco, levantando esas molestas pestañas metálicas hasta que sacó la parte trasera del marco. Estaba buscando algo. Suspiró, puro alivio, y lo levantó. Su firma estaba claramente allí, incluso el sangrado de la tinta en el lienzo. Era el original.

Luego cogió otro de la pared, así que yo también lo hice, y uno a uno fuimos abriendo cada marco. Para cuando los habíamos revisado todos, estábamos sentados en el suelo de su armario, rodeados de tableros de dibujo y marcos vacíos. Andrew se apoyó en la pared y suspiró.

—Todos estos son originales —dijo. Aunque ambos sabíamos que Eli trabajaba en una imprenta. La señora con la que trabajaba incluso dijo que se especializaba en impresiones enmarcadas.

Entonces sus ojos se abrieron de par en par.

—Mis dragones —murmuró y se puso en pie corriendo.

Oh, diablos, no.

Bajó corriendo las escaleras y entró en el salón. Se detuvo frente a los tres dibujos enmarcados, como si no pudiera soportar saber si esos no eran sus originales.

—Los revisaré —le dije. Levanté con cuidado el primer marco de la pared y lo puse boca abajo en su mesa de comedor. Deshice las lengüetas metálicas y retiré el respaldo, y allí, en toda su gloria original, estaba la firma de Andrew—. Es tuyo —le susurré.

Se hundió visiblemente y se llevó la mano al corazón.

—Oh, gracias a Dios.

Comprobé los otros dos, y eran las piezas originales.

—Andrew —dije—. Podría haberlas copiado.

—Necesitaría piezas originales para la autentificación —dijo. Se llevó las manos a la frente y soltó una carcajada—. Dios, casi me dio pánico.

—¿Casi? —pregunté. Si eso era casi, odiaría ver un pánico total—. Estaba listo para matarlo.

Se rio, su alivio era claramente evidente.

—Me siento un poco mal ahora por dudar de él.

—Andrew —dije suavemente. Con cautela—. Eso no cambia el hecho de que solicitó un trabajo en otro país mientras vivía aquí y ni siquiera te lo dijo.

Parecía que le había abofeteado. Tardó en contestar.

—Eli puede ser muchas cosas, pero no es un ladrón.

Y ahí estaba. Seguía defendiéndolo, aunque lo hubiera creído capaz de robar hace un minuto. Un recordatorio de que sentía algo por él, y que yo era un maldito iluso al pensar lo contrario.

Ahogué mis emociones y puse mi mejor cara.

—Vale —tragué con fuerza—. Será mejor que pongamos todo esto en orden antes de salir. ¿Cenamos primero? Tengo un poco de hambre.

Me miró fijamente durante mucho tiempo.

—Sí. Por supuesto.

CAPÍTULO NUEVE

PARA CUANDO SALIMOS DEL RESTAURANTE, ya estaba listo para que esto terminara. Intenté no darle demasiada importancia a la forma en que interrogó al camarero sobre las precauciones para la alergia al marisco tomadas al cocinar mis platos o a la forma en que hablamos durante casi dos horas seguidas sin la más mínima pausa en la conversación.

Nunca mencionamos a Eli, y eso estaba más que bien para mí.

Realmente necesitaba que esto terminara. Necesitaba que Eli quisiera volver con Andrew o que se alejara definitivamente. Por mucho que no quisiera que se acabara, esto me estaba haciendo polvo la cabeza. Y mi corazón.

Tenía que dejar de lado estos sentimientos tontos y concentrarme en mi trabajo.

El bar ya estaba lleno. La música de jazz tenía a la multitud animada. Era un lugar estupendo, y tomé nota mentalmente de volver aquí cuando Andrew ya no estuviera en mi vida.

Invité a una copa y busqué una mesa alta, aunque

estaba abarrotado y no había mucho espacio, así que estábamos de pie bastante cerca. Andrew estaba de espaldas a la multitud, así que podía ver por encima de su hombro si Eli decidía aparecer.

Y por supuesto que lo hizo. Sabía que lo haría. Le habíamos puesto el anzuelo, el sedal y el plomo. Puse mi mano en la cintura de Andrew y me incliné para hablarle al oído.

—Está aquí.

Eli se dirigió a la barra, pero estaba escudriñando la sala. No tardó en vernos. Sus ojos estaban entrecerrados y tormentosos, su mandíbula estaba fija. Estaba claro que no le gustaba que estuviera tan cerca de Andrew. Tal vez me reconoció. No lo sabía. No me importaba.

Y luego, el orgullo tonto y los deseos me hicieron dar un paso más. Me imaginé que esto era todo. Esta era la primera y última oportunidad que tendría de hacerlo, mi única oportunidad de comprobar si sabía tan bien como estaba seguro que lo haría. Me acerqué a él, inmovilizándolo contra la mesa para que Eli tuviera una vista lateral. Puse una mano en su pecho y me incliné para susurrarle al oído.

—No mires, pero nos está mirando. —Me aparté y puse mis dedos bajo su barbilla—. ¿Puedo besarte?

Los ojos de Andrew se abrieron de par en par, se le cortó la respiración y asintió. Entonces apreté suavemente mis labios contra los suyos, sintiendo el calor de sus labios. Era embriagador, y mi estúpido corazón latía con fuerza. Sabía que no debía querer más, pero mi cabeza daba vueltas y el puro deseo lanzó la precaución y la razón por la ventana. Mi estúpido cerebro no aparecía por ningún lado. Deslicé mi mano a lo largo de su mandíbula e incliné su cara hacia la mía, y lo besé como era debido.

Él era labios suaves y aliento cálido, bourbon y todo lo que yo quería. Este beso no era parte del espectáculo. No era parte de mi trato para poner celoso a su ex; era yo, besándolo porque lo quería. Tenía sentimientos por él, sentimientos confusos y aterradores que no podía empezar a entender.

Lo estaba besando. Nuestras bocas saboreándose, los labios ansiosos y las lenguas juguetonas. Y él me devolvía el beso. Deslizó una mano alrededor de mi espalda y me acercó, la otra alrededor de mi cuello. Y joder, sabía besar.

Cuando frenamos y nos separamos, sus ojos estaban desenfocados, sus labios un poco sonrojados. Parecía ebrio de besos y engreído.

Fue un beso perfecto. Él era correcto en todas las formas para mí. Si una persona fue diseñada sólo para mí, para ser el yin de mi yang, ese fue Andrew.

Sin embargo, acababa de romper todas las reglas personales y profesionales que me había impuesto. No sólo me había fallado a mí mismo, sino también a Andrew. Él me pagaba para que le prestara un servicio, y yo había cruzado la línea.

—Eh, vaya —dijo Andrew sin aliento. Se lamió los labios —. Dios, sabes besar.

—Tú tampoco lo haces mal —dije tratando de bromear, pero el dolor de mi pecho hizo que fuera imposible lograrlo. Tomé un respiro para recomponerme y ser el profesional que él necesitaba que fuera. De alguna manera habíamos cambiado de lugar, y ahora estaba de espaldas a la barra—. ¿Eli vio eso?

—Oh —retrocedió y miró por encima de mi hombro—. Um, se ha ido.

Mi corazón se disparó. Normalmente, si no se enfrentaban a nosotros, significaba que la relación había terminado de verdad. Y eso no debería haberme hecho feliz. Ese era el resultado equivocado para Andrew. Estaba en conflicto. Mi cabeza era un desastre, mi corazón, bueno, ya me encargaría de eso después.

—Andrew, si se ha ido... —Y no pude hacerlo. No quería darle las malas noticias. No quería herirlo, pero también significaría que mi trabajo con él había terminado. Quería preguntarle si lo que yo sentía era real, quería preguntarle si él también lo sentía. Seguramente, lo sentía. No podía ser algo unilateral—. Vámonos, ¿vale?

Frunció el ceño pero asintió, y yo le cogí de la mano y nos guie por el abarrotado bar. Estábamos casi en la puerta cuando alguien agarró el brazo de Andrew.

Eli.

Joder. Joder, joder, maldita mierda.

Eli me miró y luego volvió a mirar a Andrew.

—¿Podemos hablar?

Y ahí estaba. Mi corazón se hundió en mí pecho y la esperanza que había estado allí hacía un momento, se apagó. Era misión cumplida. Eli quería recuperar a Andrew. Andrew conseguía lo que quería, por lo que me pagó.

Andrew me miró, como si no supiera qué hacer. Pude verlo en sus ojos. *¿Es esto parte del plan? ¿Qué debo decir? ¿Cómo actúo?* Me miraba para que tomara la iniciativa. Lo que quería hacer era decirle a Eli que apartara su mano de Andrew y se fuera a la mierda.

Pero no podía. No era para eso para lo que Andrew me había contratado. Me obligué a sonreír y, por mucho que doliera le dije:

—Esperaré fuera.

Me di la vuelta y salí del bar, con la sangre golpeando mis oídos, el corazón martilleando y el estómago revuelto. Necesitaba aire. Necesitaba irme.

¿Cómo podía una noche ser la mejor y la peor? No esperé. Seguí caminando.

Esperaré fuera, había dicho. Código para "buena suerte".

Oh Dios, pensé que iba a vomitar.

Unas manzanas más tarde llegué a una licorería y entré. Cogí una botella de Maker's Mark y me dirigí a casa. Necesitaba ahogar mis penas, y necesitaba olvidar. Necesitaba matar cualquier estúpida esperanza que hubiera tenido, para convencerme de que no me estaba enamorando de él.

Cuando vi las luces de neón de la tienda de tatuajes, ya estaba borracho. Realmente borracho. Emilio a veces trabajaba hasta tarde, y me alegré de ver que las luces seguían encendidas en la tienda. Empujé la puerta y tropecé con el escalón, entrando a trompicones en la tienda.

—Joder tío, 'Milio, tienes que arreglar tu escalón.

Emilio, que estaba terminando un trabajo de tatuaje, se levantó. Dio una palmada a su cliente y dijo:

—Espera un momento —se quitó el guante y se acercó a mí—. ¡Daniela!

Daniela salió del fondo y traté de no notar cómo fruncía el ceño al verme. Levanté la botella de bourbon, ahora medio vacía.

—¿Un trago?

Emilio me ignoró. En su lugar, se dirigió a Daniela.

—Llama a Lola. —Daniela volvió a desaparecer y yo me giré para mirar a Emilio, pero el suelo se inclinó y me balanceé. Emilio me atrapó—. ¿Qué ha pasado? —preguntó.

—Andrew —empecé—. Eli... —Y tuve que limpiar mis estúpidas mejillas porque se me escaparon unas estúpidas lágrimas de mis malditos ojos.

—Oh, tío —murmuró Emilio.

—Pensaba que era diferente —balbuceé.

—Yo también —dijo Emilio.

Respiré entrecortadamente y mi voz se quebró.

—¿Qué está mal conmigo?

Me atrajo contra él.

—Nada, hombre. No te pasa nada.

Daniela salió.

—Está en camino.

Entonces me sentí peor de lo que ya estaba.

—Ella no necesitaba venir.

Daniela me rodeó con su brazo.

—Acompáñame —dijo en voz baja y me llevó a uno de los cubículos del fondo. Me ofreció una silla, pero opté por el suelo. Me apoyé en la pared y ella se arrodilló frente a mí y me puso la mano en la cara—. No hay nada mal en ti, Spencer. Absolutamente nada.

—¿Por qué él...? —negué con la cabeza. Sabía la respuesta a eso—. Tan jodidamente estúpido. Sabía que estaba enamorado de otra persona. Por eso acudió a mí, para que le ayudara a recuperarlo, y resulta que soy jodidamente bueno en mi trabajo.

Daniela me puso la mano en la cara.

—Oh, Spencer, cariño. —Parecía tan triste y no pude soportarlo. Bebí más bourbon.

No pasó mucho tiempo hasta que Daniela se fue y era Lola la que estaba frente a mí. Intentaba recuperar el aliento, como si hubiera corrido todo el camino hasta aquí. Creí que controlaba mis estúpidas emociones, y así fue, hasta que vi la tristeza en su rostro.

—Cuéntame lo que pasó —dijo.

—Lo besé —le dije. Mis palabras eran lentas y arrastradas—. No era una táctica, ni una estrategia. Fui yo quien lo besó.

—¿Qué hizo?

—Me devolvió el beso. Fue, Dios, fue el mejor beso que me han dado. —Todavía podía sentir el calor de sus labios, el sabor de su lengua...

—¿Entonces qué pasó?

—Me entró el pánico y dije que debíamos irnos, y Eli, el maldito Eli, nos detuvo en la salida. —Tomé otro trago de bourbon. Lola me quitó la botella. No protesté. Tuve que apartar la mirada de Gabe, que estaba apoyado en la puerta, devolviéndome la mirada con la más jodida tristeza. En cambio, me centré en Lola—. Y lo dejé ir. Lo dejé marchar, joder. —No pude detener las lágrimas—. Pensé que era diferente.

—Oh, cariño.

—Y estoy perdiendo la cabeza —dije limpiando mis estúpidas lágrimas con el dorso de la mano—. Y me duele.

—Porque te estás enamorando de él —susurró Lola.

Luego se oyeron otras voces y Gabe se alejó de la puerta, pero mi mente infectada por la bebida se quedó atascada en lo que dijo Lola. La miré fijamente, pero no pude soportar la lástima que había en sus ojos, así que aparté la vista y miré a la pared en su lugar. Intenté encontrar las palabras para negarlo, pero no pude. Se suponía que nunca llegaría a esto. Se suponía que nunca me iba a enamorar. Surgieron más lágrimas estúpidas y me limpié los ojos con las palmas de las manos.

—Malditas lágrimas estúpidas.

Me apretó el brazo.

—¿Sabes por qué hago lo que hago? —le pregunté, mirándola. Mis palabras estaban llenas de lágrimas—. El desapego emocional. La distancia y la separación. Y nadie puede decirme que no me quiere.

Y ahí estaba.

Siempre se trataba de eso.

Nadie puede decirme que no me quiere.

—Oh, Spencer —susurró Lola. Sus ojos se llenaron de lágrimas—. Andrew no es como tu familia.

Negué con la cabeza e inhalé profundamente, tratando de controlarme. No funcionó.

—Él tampoco me quería —dije con una oleada de nuevas lágrimas.

La habitación empezó a girar un poco y mi estúpido cerebro tardó en darse cuenta de que Andrew estaba de pie frente a mí. Tenía los ojos muy abiertos, sin duda el verme perder la cabeza en el suelo le impactó. Obviamente acababa de escuchar lo que Lola había dicho sobre mi familia. Me limpié las malditas lágrimas, justo cuando Lola se giró para ver a quién miraba. Se levantó y se dirigió a él, susurrando algo que no pude oír. Levanté las rodillas y volví a limpiarme los ojos con las palmas de las manos.

Cuando levanté la vista, esperaba que se hubiera ido. Esperaba que se hubiera largado, que huyera del jodido borracho sentado en el suelo mientras lloraba. Pero no desapareció.

Recogió la botella de bourbon y sentó su culo a mi lado. En lugar de decirme que era un estúpido, en lugar de decirme que era un indeseable, se llevó la botella a la boca y dio un trago. Siseó al sentir el ardor.

—Andrew —intenté decir, pero mi voz se quebró.

Deslizó su mano sobre la mía y la sujetó con fuerza.

—Está bien.

Sacudí la cabeza.

—¿Eli?

—Eli se ha ido.

Oh, Dios.

—Es mi culpa. La he jodido. Lo siento.

Tomó otro trago de bourbon y me apretó la mano.

—No. No lo hiciste. Lo hizo él. Pero me alegro —dijo—. Gracias a él, te conocí.

Mi corazón martilleaba y él decía todas las palabras correctas, y no había huido a kilómetros de distancia cuando me vio, como si eso significara que tal vez tenía una oportunidad. Me hizo llorar de nuevo.

—Soy un desastre.

Enhebró sus dedos con los míos.

—Sí, me he dado cuenta.

Dejé caer mi cabeza. Cansado, borracho, y convertido en un puto desastre emocional.

—Te has dado cuenta de toda mi mierda —le dije. Extendí nuestras manos unidas y señalé los mirlos en mi brazo—. Y estos. Nadie ha... —negué con la cabeza y tragué nuevas lágrimas—. Este es mi padre. —Señalé el más grande. Luego a los otros tres por turno—. Mi madre, mis dos hermanos.

Me pasó la otra mano por el brazo, como si su tacto pudiera curar el dolor.

—No están realmente muertos —susurré—. Bueno, lo están para mí. Eso es lo que dijo mi padre, lo último que me dijo fue que estaba muerto para ellos.

—Oh, Spencer.

Dejé que las lágrimas cayeran. Ni siquiera intenté detenerlas.

—Tenía dieciséis años —me atraganté—. Y era gay.

Me soltó la mano para poder rodearme con su brazo y me atrajo contra él. Ese lugar cálido y seguro que no había sentido en años.

—Y luego estabas tú —murmuré.

Me besó la parte superior de la cabeza.

—Y luego estabas tú.

CAPÍTULO DIEZ

ME DESPERTÉ con un dolor impío en la cabeza. Las persianas dejaban entrar una luz solar penetrante, mi estómago se revolvió, y entonces recordé...

Besar a Andrew, dejarlo en el bar con Eli, beber media botella de bourbon, ser un puto desastre delante de todo el mundo, Andrew volviendo conmigo.

Volvió a mí.

No recordaba haber subido a mi apartamento. Recordé las miradas de preocupación en los rostros de Emilio y Daniela. A Lola, cómo intentó ayudarme. Luego recordé a Andrew sentado en el suelo a mi lado.

Me senté y luego deseé no haberlo hecho.

—¿Hola? —dije en voz baja.

Silencio. Uf. Me dolía la cabeza.

Fui a coger mi teléfono para comprobar la hora, pero había un trozo de papel encima. Era una nota escrita a mano.

—Baja las escaleras.

No era la letra de Emilio, no era la de Daniela ni la de Lola, ni siquiera la de Gabe. Era la de Andrew.

Salí disparado de la cama y tuve que apoyarme en la pared. Puaj. Estúpidas resacas. Llegué al cuarto de baño, donde me di cuenta de que todavía estaba vestido con la ropa de la noche anterior.

Aunque alguien me había quitado los zapatos. La ducha fue un paraíso, y me quité el hedor del bourbon de la piel. Cepillarme los dientes me hizo sentir casi humano, pero no podía quedarme allí mucho tiempo.

Andrew me estaba esperando en la tienda de Emilio.

Me vestí y sólo me detuve para tomar un Advil antes de bajar las escaleras. Ni siquiera la luz del sol quemando mi retina pudo frenarme. Gabe estaba en la puerta trasera, fumando un asqueroso cigarrillo. El olor me dio ganas de vomitar. Sonrió.

—Hola. ¿Cómo está tu cabeza?

—Nada bien. Mira, siento mucho lo de anoche.

—No lo sientas —dijo con una sonrisa—. Todavía hay alguien aquí. —Hizo un gesto con la cabeza hacia el interior—. Pasó la noche en tu sofá aparentemente.

Intenté no sonreír y, sin mediar palabra, Gabe empujó la puerta con el pie, dejándome entrar.

—Gracias.

No pretendía entrometerme en conversaciones privadas, pero Emilio, Daniela, Lola y Andrew obviamente no esperaban que entrara por la puerta trasera. Oí sus voces hablando cuando entré. Era la voz de Emilio.

—... cuando su hermano apareció, estaba hecho un lío.

Mi corazón se hundió y mi ya frágil estómago se revolvió. Supongo que después de mi crisis de anoche era justo que yo fuera su tema de conversación.

—¿Es cuando se tatuó los pájaros en el brazo? —preguntó Andrew.

—Sí —respondió Emilio—. Simbolizan la vida después

de la muerte. Ya sabes, un nuevo comienzo, ese tipo de cosas.

Salí y Emilio me vio primero.

—¡Aquí está! ¿Te sientes bien?

—Como una mierda, en realidad —respondí pero no podía apartar los ojos de Andrew. Llevaba mi ropa.

Se levantó lentamente, sonriendo con recelo.

—Yo... tuve que pedir prestada una camisa. Espero que no te importe.

Negué con la cabeza.

—En absoluto.

Y durante mucho tiempo, nos quedamos mirando el uno al otro.

—Bien entonces —dijo Lola sacándome de mi estupor—. Estaremos atrás. —Se agarró al brazo de Daniela y se fue, arrastrando a Emilio con ellas.

Entonces estábamos solos él y yo. Sonreí.

—Hola.

—Hola.

—Te quedaste.

—Me quedé.

—Siento mucho lo de anoche.

—No te disculpes.

—No recuerdo mucho —admití—. Recuerdo haber perdido la cabeza, por lo que sólo puedo disculparme. No soy un caso perdido, lo prometo.

Se acercó a mí y se puso a poca distancia.

—¿Tienes hambre? —me preguntó—. ¿Podríamos tomar un desayuno marroquí?

—Suena perfecto.

—Tenemos que hablar.

Asentí.

—Sí. —Respiré hondo e hice la pregunta que no estaba

seguro de querer que respondiera—. ¿Hablaste con Eli anoche?

Asintió.

—Le pregunté por las impresiones y la solicitud de empleo. Admitió haber hecho copias, pero no se atrevió a llevarse los originales. Ni siquiera llegó a la primera ronda de entrevistas para ese trabajo porque no presentó obras de arte. Dijo que lo sentía.

Tragué con fuerza.

—¿Qué le dijiste?

—Le dije que se había acabado —dijo mirándome fijamente.

El corazón latía en mi pecho.

—¿Es cierto?

Un leve rubor se deslizó por su cuello.

—Sí, le dije que había un australiano que sabía más de mí en dos días que él en ocho meses.

Le sonreí mientras el alivio me recorría.

—¿En serio?

Andrew me puso la mano en la cara.

—Me entiende, como nadie lo ha hecho.

Asentí.

—Lo sé.

—Y esperaba que quisiera conocerme un poco más —susurró.

Me apoyé en su mano y cerré los ojos.

—Lo está deseando.

—Sé que tiene algunos problemas familiares —dijo Andrew en voz baja—. Pero eso no me asusta. —Sin estar seguro de poder confiar en mi voz para hablar, asentí, pero él me levantó la cara—. Mírame —susurró. Hice lo que me pidió, y sólo había fuerza y honestidad en sus ojos—. No me asusta, Spencer. De hecho, creo que eres maravilloso.

Me tragué mis emociones e ignoré el martilleo de mi corazón.

—Yo también creo que eres maravilloso.

Podía sentir el calor de su cuerpo, lo cerca que estaba, su aliento en mis labios. Su voz era un susurro ronco.

—¿Puedo besarte?

Estaba *allí*, tan cerca, y todo lo que pude hacer fue asentir. Mi corazón latía al triple de su ritmo normal. Entonces apretó sus labios contra los míos. Me sostuvo la cara, tan suavemente, y puse mis manos alrededor de su cintura. Fue un beso dulce, un beso con promesa. Un beso del tipo "completo".

Habría sido perfecto si Lola no hubiera chillado desde uno de los cubículos. Nos separamos con una risa nerviosa y aliviada.

—Lo siento —chilló. Salió corriendo y nos dio un rápido abrazo a los dos—. ¡Estoy tan emocionada! —gritó llevándose las manos a la boca, antes de volver corriendo al cubículo.

No pude evitar reírme y Andrew me atrajo hacia él. Los dos estábamos un poco avergonzados. Me besó de nuevo, muy rápido.

—Vamos. Me muero de hambre —dijo tomando mi mano. Se dirigió a la puerta—. ¿Estás listo?

Me detuve. *¿Estaba preparado? ¿Para dar un paso más? ¿Para dejar entrar a alguien por fin? ¿Para contarle la historia de Spencer Cohen y esperar que siguiera queriéndome?*

Con el corazón en la boca asentí.

—Sí. Estoy listo.

Fin

SOBRE LA AUTORA

N.R. Walker es una autora australiana a la que le encanta su género, el romance gay. Le encanta escribir y pasa demasiado tiempo haciéndolo, pero no lo haría de otra manera.

Es muchas cosas: madre, esposa, hermana, escritora. Tiene chicos muy, muy guapos que viven en su cabeza, que no la dejan dormir por la noche si no les da vida con palabras.

A ella le gusta cuando hacen cosas sucias, muy sucias... pero le gusta aún más cuando se enamoran.

Solía pensar que tener gente en su cabeza hablándole era raro, hasta que un día se encontró con otros escritores que le dijeron que era normal.

Ha estado escribiendo desde entonces...

TAMBIÉN DE N. R. WALKER

Español

Sesenta y Cinco Horas (*Sixty Five Hours*)
Código Rojo (*Atrous Series 1*)
Código Azul (*Atrous Series 2*)
Queridísimo Milton James (*Dearest Milton James 1*)
Queridísimo Malachi Keogh (*Dearest Milton James 2*)
El Peso de Todo (*The Weight Of It All*)
Tres Muérdagos en Raya (*Hartbridge Christmas Series #1*)
Lista de Deseos Navideños: (*Hartbridge Christmas Series #2*)

Títulos en inglés

Blind Faith
Through These Eyes (Blind Faith #2)
Blindside: Mark's Story (Blind Faith #3)
Ten in the Bin
Gay Sex Club Stories 1

Gay Sex Club Stories 2
Point of No Return – Turning Point #1
Breaking Point – Turning Point #2
Starting Point – Turning Point #3
Element of Retrofit – Thomas Elkin Series #1
Clarity of Lines – Thomas Elkin Series #2
Sense of Place – Thomas Elkin Series #3
Taxes and TARDIS
Three's Company
Red Dirt Heart
Red Dirt Heart 2
Red Dirt Heart 3
Red Dirt Heart 4
Red Dirt Christmas
Cronin's Key
Cronin's Key II
Cronin's Key III
Cronin's Key IV - Kennard's Story
Exchange of Hearts
The Spencer Cohen Series, Book One
The Spencer Cohen Series, Book Two
The Spencer Cohen Series, Book Three
The Spencer Cohen Series, Yanni's Story
Blood & Milk
The Weight Of It All
A Very Henry Christmas (The Weight of It All 1.5)
Perfect Catch
Switched
Imago
Imagines
Imagoes
Red Dirt Heart Imago
On Davis Row
Finders Keepers

Evolved
Galaxies and Oceans
Private Charter
Nova Praetorian
A Soldier's Wish
Upside Down
The Hate You Drink
Sir
Tallowwood
Reindeer Games
The Dichotomy of Angels
Throwing Hearts
Pieces of You - Missing Pieces #1
Pieces of Me - Missing Pieces #2
Pieces of Us - Missing Pieces #3
Lacuna
Tic-Tac-Mistletoe - Hartbridge Christmas Series #1
Christmas Wish List - Hartbridge Christmas Series #2
Bossy
Dearest Milton James
Dearest Malachi Keogh
Code Red - Atrous Series #1
Code Blue - Atrous Series #2

Títulos en Audio

Cronin's Key
Cronin's Key II
Cronin's Key III
Red Dirt Heart
Red Dirt Heart 2
Red Dirt Heart 3
Red Dirt Heart 4

The Weight Of It All
Switched
Point of No Return
Breaking Point
Starting Point
Spencer Cohen Book One
Spencer Cohen Book Two
Spencer Cohen Book Three
Yanni's Story
On Davis Row
Evolved
Elements of Retrofit
Clarity of Lines
Sense of Place
Blind Faith
Through These Eyes
Blindside
Finders Keepers
Galaxies and Oceans
Nova Praetorian
Upside Down
Sir
Tallowwood
Imago
Throwing Hearts
Sixty Five Hours
Taxes and TARDIS
The Dichotomy of Angels
The Hate You Drink
Pieces of You
Pieces of Me
Pieces of Us
Tic-Tac-Mistletoe
Lacuna

Bossy
Code Red
Learning to Feel
Dearest Milton James
Dearest Malachi Keogh
Three's Company
Christmas Wish List

Lecturas Gratuitas:

Sixty Five Hours
Learning to Feel
His Grandfather's Watch (And The Story of Billy and Hale)
The Twelfth of Never (Blind Faith 3.5)
Twelve Days of Christmas (Sixty Five Hours Christmas)
Best of Both Worlds

Otras Traducciones

Italiano

Fiducia Cieca (Blind Faith)
Attraverso Questi Occhi (Through These Eyes)
Preso alla Sprovvista (Blindside)
Il giorno del Mai (Blind Faith 3.5)
Cuore di Terra Rossa Serie (Red Dirt Heart Series)
Natale di terra rossa (Red dirt Christmas)
Intervento di Retrofit (Elements of Retrofit)
A Chiare Linee (Clarity of Lines)
Senso D'appartenenza (Sense of Place)
Spencer Cohen Serie (including Yanni's Story)
Punto di non Ritorno (Point of No Return)
Punto di Rottura (Breaking Point)

Punto di Partenza (Starting Point)
Imago (Imago)
Il desiderio di un soldato (A Soldier's Wish)
Scambiato (Switched)
Galassie e Oceani (Galaxies and Oceans)

Francés

Confiance Aveugle (Blind Faith)
A travers ces yeux: Confiance Aveugle 2 (Through These Eyes)
Aveugle: Confiance Aveugle 3 (Blindside)
À Jamais (Blind Faith 3.5)
Cronin's Key Series
Au Coeur de Sutton Station (Red Dirt Heart)
Partir ou rester (Red Dirt Heart 2)
Faire Face (Red Dirt Heart 3)
Trouver sa Place (Red Dirt Heart 4)
Le Poids de Sentiments (The Weight of It All)
Un Noël à la sauce Henry (A Very Henry Christmas)
Une vie à Refaire (Switched)
Evolution (Evolved)
Galaxies et Océans (Galaxies and Oceans)
Qui Trouve, Garde (Finders Keepers)

Alemán

Flammende Erde (Red Dirt Heart)
Lodernde Erde (Red Dirt Heart 2)
Sengende Erde (Red Dirt Heart 3)
Ungezähmte Erde (Red Dirt Heart 4)
Vier Pfoten und ein bisschen Zufall (Finders Keepers)
Ein Kleines bisschen Versuchung (The Weight of It All)
Ein Kleines Bisschen Fur Immer (A Very Henry Christmas)

Weil Leibe uns immer Bliebt (Switched)
Drei Herzen eine Leibe (Three's Company)
Über uns die Sterne, zwischen uns die Liebe (Galaxies and
Oceans)
Unnahbares Herz (Blind Faith 1)
Sehendes Herz (Blind Faith 2)
Hoffnungsvolles Herz (Blind Faith 3)
Verträumtes Herz (Blind Faith 3.5)
Thomas Elkin: Verlangen in neuem Design

Tailandés

Sixty Five Hours (Traducción al Tailandés)
Finders Keepers (Traducción al Tailandés)

Chino

Blind Faith (Traducción al Chino)

Gracias por leer

9 781925 886740